マジック消しゴム

エピソードⅡ

日本の未来書

石川 一郎太

文芸社

良き書　重き宝

ホワイトハウスの虹 …… 129

良き書　重き宝

【お気持ち】

二〇一六年、たけるは高校一年生、あすかは中学二年生です。この年は、リオ五輪の年でした。日本選手の活躍に誰もが胸躍らせた夏でした。

しかし、その年は「生前退位」という報道が毎日のように流され、国民の多くは天皇陛下のことをとても心配していました。そんななかで八月八日、今上天皇が〝お気持ち〟を表明されました。

たけるとあすかとお父さんは、一緒に天皇陛下のお言葉を聞いていたのでした。番組が終わったあと、たけるが言いました。

「陛下は象徴天皇の役割を毎日一生懸命考えて、国民の心に寄り添ってきたんだね」

「そういえば、東日本大震災の一周年追悼式にご臨席された時は、心臓のバイパス手術を受けて間もない時期だった……」

お父さんは遠くを見つめ、独り言のように言いました。

「パパ、わたし聞きたいことがあるんだけど」

あすかの声が耳に入ったお父さんは、我に返りました。

「えっ？　聞きたいこと？」

「あのね、今年八十三歳を迎えられる天皇陛下は、象徴天皇としての役割を十分に果たせなくなった時、天皇としてどうすべきか。国民と一緒に考えたいというお気持ちが感じられたの」

「そうだね」

「だからといって、放送のなかに生前退位っていうお言葉は一回もなかった。でもどうして新聞やテレビでは生前退位っていうのかな？」

「う～ん。確かに生前退位という言葉は変だと思ってたよ」

「もしかして、生前退位って昔から使われている言葉じゃない？」

たけるが驚いた様子でした。

「〝退〟っていうのは、しりぞくとか、逆行を意味するよね。例えば退化、退屈、退散、退学みたいにね」

「確かにポジティブな感じはしないね」

「しかも、〝生前〟があると、わたし、なんだかいやな感じがする」

「ぼくもそう思う。もっといい言葉、あるんじゃないかな？」

「そうだね……パパは、譲位がいいと思う」

「譲位か……それだと、ご本人の意思で位を譲るっていうことだもんね」

それでもあすかはまだ納得していないことがありました。

「わたし、もうひとつ分からなかったことがあるんだ」

「何？」

「もし天皇が未成年だったり、重病になった時は摂政《せっしょう》を置くことがある――って。でも、その摂政ってよく分からないの」

「ぼく、この前の授業で習ったよ。摂政は確か平安時代からの制度だよ」

「確かにね。でももっと最近、摂政の実例はあったんだ」

「最近？」

「それは大正時代のことだよ」

「へー、平安時代と比べれば確かに最近だね」

「大正天皇はご病気が重かったので、天皇としての役割を担えなくなり、それで皇太子の裕仁親王が摂政をされたんだ」

「えっ？　その時の皇太子、ということは昭和天皇？」

「そういうこと。でも摂政を置いても、天皇は天皇であって、皇太子が別の天皇になるわけじゃない。天皇は唯一の存在であり、尊敬を受ける最高の権威なんだ」

「そこで三種の神器だよね」

たけるが言いました。

「そう。神鏡、神剣、神璽《しんじ》（八坂瓊勾玉《やさかにのまがたま》）が、天皇の印として昔から引き継がれている。天皇の権威というのは、三種の神器を継承して保たれてきたんだね」

「それじゃあ、三種の神器ってどんな風に引き継がれるの？」

あすかがお父さんに聞いてみました。

「先の天皇が崩御なさった直後、皇太子への神器継承が始まるというのが基本だよ」

「直後？　そんなことできるの？」

「これは、昭和天皇が神器を継承された時のお話だけど……」

「ということは、時代が大正から昭和に移り替わった時だ」

「その頃は、大正天皇が一泊以上の旅行をされる時は、行く先々へ侍従が神剣と神璽を必ず持ってお供をしたそうだよ」

「へ〜そうなんだ。だったら神鏡は？」

「神鏡だけは皇居内の賢所《かしこどころ》に奉安されていたんだよ」

「それで……天皇陛下が崩御なさった時は？」

「その時は、侍従が皇太子の前に神剣と神璽を安置し、神器を受け継ぐようお願いをした。同じ時刻に賢所では掌典長《しょうてんちょう》が神前に御代《みよ》の移り替わりを奉告《ほうこく》したというね。ただし、今の時代は、神璽だけが皇居内に奉安されていて、神剣は熱田神宮、神鏡は伊勢神宮にそれぞれ奉安されているよ」

「そっか……でも、崩御の直後に神器継承の儀式をする理由って？　私、分からないな」

「それは一瞬たりとも天皇空位を作らないためだよ。いざという時、国民の心をひとつにできるのは天皇だけだからね」

「ぼく、今まで考えたこともなかった。天皇空位って」

「日本の皇室は代々、そんな風に三種の神器を継承してきたんだ」

「ということは……」

あすかが何かを考え始めました。

「そんな伝統を知っていれば、生前退位という言葉、出てくるかな？」

「そうだよね……。でも、譲位は歴史上あったよね」

「それって、いつ頃のお話？」

「最近だと二百年前の一八一七年。第百十九代光格天皇が恵仁親王に譲位したよ」

「へ～、最近と言っても江戸時代なんだ。それじゃあ、もっと前の時代だと？」

「歴史上の最初の譲位なら、乙巳《いっし》の変のあとの時代だね」

「乙巳の変！　あすか、ぼくたちこの前、マジックビジョンでその時代を見たよね」

「じゃあ、その時代の中心人物は？」

「孝徳天皇となった軽皇子《かるのみこ》と後に天智天皇となった中大兄皇子《なかのおおえのみこ》かな。でも意外と蘇我石川麻呂がキーパーソンという見方もありかな」

「石川麻呂って蘇我系だけど、乙巳の変の時、中大兄皇子の仲間になった人だ！」

あすかがその時のことを思い出しました。

「ぼく、その後のことを少し勉強したんだ。確か皇極天皇が軽皇子に譲位したんだよ」

「たける、よく勉強しているね～」

お父さんは、たけるの勉強ぶりに感心ながら、さらに聞いてみました。

「その時代、譲位もあったけど〝重祚《ちょうそ》〟もあっただろう？」

「ぼく、実は重祚ってピンとこなかったんだよ」

「乙巳の変のあと、軽皇子が孝徳天皇となったけど、その孝徳天皇が崩御されたあと、皇極天皇は斉明天皇として再び即位した。これを重祚というんだ」

「えっ！　そんなこともあったの？」

あすかが驚きました。

「蘇我三代の時代の最後のシーンを思い出してごらん」

「確か……中大兄皇子と中臣鎌足が入鹿を討って、蝦夷《えみし》は自分の屋敷に火をつけた。その時、船史恵尺《ふねのふびとえさか》が、焼け焦げた『天皇記《すめらみことのみふみ》・国記《くにつふみ》』を脇に抱え、燃え盛るお屋敷から脱出したよ」

「確かにそうだったよね。でもわたし、分からないな～。天皇記・国記は、そのあとどうなったの？」

「この前ちょうどテストに出たよ。恵尺は天皇記・国記を中大兄皇子に献上したんだ」

「たける、さすがだね～」

「じゃあ、中大兄皇子は天皇記・国記をどうしたんだろう？」

あすかから予想外の質問を受けたお父さんは困ってしまいました。

「乙巳の変のあとの天皇記・国記の行方？　う〜ん……」

「パパでも知らないことあるんだね〜」

あすかが勝ち誇ったように言いました。

お父さんはなんとか名誉を挽回しようと、一生懸命いろんなことを思い出そうとしました。そして、ある本のことを思い出したのでした。

「そういえば、『先代旧事本紀《せんだいくじほんぎ》』という古い歴史書があったな〜」

「へ〜、そんな本があるんだ。パパ、頑張ってよく絞り出したね！」

「ぼくもそれは初めて聞くよ。それってどんな本？」

「古事記、日本書紀と並んで一番古い歴史書と言われているけど、本物かどうかまだはっきりしないようだよ」

「ふ〜ん。そうなんだ」

たけるとあすかが声を揃えて言いました。

「でもその本の序文には、『この本は推古天皇の命令で聖徳太子と蘇我馬子が作った』と書いてあるそうだよ」

「それって天皇記・国記と同じだ」

「そして、先代旧事本紀を調べると、古事記や日本書紀に相当するパートは確かにある。だけど……」

「だけど？」

たけるとあすかが身を乗り出してお父さんの言葉を待っていました。

「古事記や日本書紀にはない〝国造本紀《こくぞうほんぎ》〟というパートがあるんだ」

「へ～。その中味って？」

「古代大和の各地の王族・豪族・氏族の家系図みたいなものらしい」

「なんだか、その時代のことももっと知りたくなっちゃった。わたし」

「じゃあ、あすか。いつものようにマジックビジョンでその時代を勉強しよう」

「うん！」

たけるとあすかが、マジック消しゴムを手にして大きな円を描きながら声を揃えて言いました。

「マジックビジョン！　天皇記・国記の時代！」

次の瞬間、三人の目の前に千三百年前の大和の風景が流れてきました。

――・・――・・――・・――・・――・・――・・――・・――・・――・・――

【天皇記・国記】

中大兄皇子と中臣鎌足は、燃え落ちる蘇我邸を見つめていました。天まで届こうかという炎は、蘇我三代の栄華の終焉と新たな時代の幕開けを告げる狼煙のようでもありました。

中大兄皇子と鎌足のそばには、蘇我石川麻呂もいました。

「まさか蝦夷が屋敷に火を放つとは……」

中大兄皇子がつぶやきました。そして、鎌足がこれに応えました。

「大和を思うままに支配していた蘇我の時代が終焉しました。新しい時代を切り拓いたのは中大兄皇子です。皇子の名は勝者として永遠に語り継がれるでしょう」

その時でした。一人の男が燃え盛る蘇我邸から出てきました。男は、船史恵尺でした。恵尺は焼け焦げた『天皇記《すめらみことのみふみ》・国記《くにつふみ》』を脇に抱え、燃え盛る蘇我邸から脱し、息を切らせながら中大兄皇子のもとにやって来ました。

「お前は昔から蝦夷に仕えていた恵尺ではないか！　蘇我を見捨て投降してきたのか」

「いいえ。私は投降するために蘇我邸から逃れてきたわけではありません。私の使命を果たすためです」

「使命？　お前ごときにどんな使命があるというのだ⁉」

「あの燃え盛る屋敷のなかで私は聞いたのです。確かに聞こえたのです。――恵尺よ、天皇記・国記を救うのです。それがあなたの使命です――と」

「そんなことをあの蝦夷が言うはずがない！」

「確かに蝦夷様ではありませんでした」

「ならばその声の主は！」

「それは荘厳で、深い慈愛に満ちた声でした。そして、私は確信できました。その声の主は……」

中大兄皇子は恵尺の言葉を待ちました。

「厩戸皇子《うまやどのみこ》です。確かにその声は厩戸皇子でした！」

「厩戸皇子？　厩戸は二十年以上も前に亡くなっている。その声が聞こえたなど、愚かな……」

「いいえ、確かに私の胸に直接届いた声の主は厩戸皇子でした」

「もし、そうだというのならその書物、それは厩戸と馬子が作り上げたという……」

「天皇記・国記です。大和の歴史書です」

「それをお前が救い出したというのか?」

「はい、天皇記・国記は大和の宝です。これを灰燼に帰してはいけない。それゆえ、厩戸皇子が天から私に命じたのです。天皇記・国記を守れと」

「しかし、その宝を私に差し出すというのもおかしな話。私はお前の主を滅ぼした男なのだから」

「いいえ、私はそう思いません。天皇記・国記を前に敵も味方もありません」

恵尺は焼け焦げた『天皇記・国記』を中大兄皇子に差し出しました。それでも中大兄皇子は訝《いぶか》り、『天皇記・国記』を受け取りませんでした。

この時、蘇我石川麻呂が歩み出て中大兄皇子に語りかけました。

「もし、これが本物ならば恵尺の言う通り、大和の宝でしょう。お許しいただけるなら、私がこの真贋を明らかにする、というのではいかがでしょう?」

「う～む……。まあ、いいだろう」

恵尺は、『天皇記・国記』を石川麻呂に預けたのでした。

「さて、お前は蝦夷に仕える者ではあったが、罪があるわけではない。主を失った今、これからは鎌足に仕え安寧に過ごすがよい」

中大兄皇子が鎌足に目配せしながら言いました。

「いいえ、それには及びません。私の主は蝦夷様です。最後まで蝦夷様にお仕えします」

恵尺はそう言うと踵《きびす》を返し、再び燃え盛る蘇我邸に戻っていきました。次の瞬間、蘇我邸は完全に燃え落ちたのでした。

◇六四五年六月十四日〈飛鳥板蓋宮《あすかいたぶきのみや》〉

皇極天皇の顔色は優れませんでした。そんな天皇の前に、軽皇子、古人《ふるひと》皇子、そして中大兄皇子がいました。中大兄皇子の後ろには、影のように中臣鎌足が控えています。

口火を切ったのは中大兄皇子でした。

「蘇我氏は長きにわたり皇室を蔑《ないがし》ろにしてきた。それだけでなく蘇我系天皇を擁立しようとしていた。ゆえに、私は我が身を顧みず入鹿を討った。これを機に大和を立て直す!」

「あなたの意気込みは分かっています。ですから私は、あなたが起こした二日前の〝変〟を不問にしているのですよ」

天皇が宥《なだ》めるように語り、中大兄皇子の勢いはいくらか削がれました。

その間合いを見て、軽皇子が中大兄皇子に問いかけました。

「中大兄王《なかのおおえのおおきみ》が蘇我氏を倒した理由は、皇統が蘇我系に移行することを阻止するためということですか？」

「叔父上のおっしゃる通り！」

中大兄皇子が古人皇子を睨みながら言いました。

入鹿が擁立しようとした蘇我系皇族とは古人皇子のことです。中大兄皇子の殺意さえ感じる言葉に古人皇子は顔色を失いました。

「今、大和は存亡の危機にある。半島情勢を見れば新羅と高句麗が激しく覇権を争い、唐は、その争いに乗じて半島を我がものにしようとしている。友好国の百済は大国の覇権争いに巻き込まれ、いつ滅ぼされるか分からない！」

中大兄皇子の語りは、再び勢いを得たのでした。

「そのことは私も危惧しています」

「危惧するだけで大和は守れない。もし、唐が半島を支配すれば、次は大和だ！」

それに反論する者は誰もいませんでした。

「だからこそ、今の時代、強き天皇《すめらみこと》が求められる。天皇に大和の権力を集中し、すべての皇族・王族・豪族が天皇のもと一丸となり、唐の侵略を食い止めるべきではないか！」

「そうであれば中大兄王よ、あなたは、何が必要だと考えますか？」

中大兄皇子が重い口調で天皇に言ったのでした。

「皇位を譲っていただきたい」

思いもよらなかった言葉を聞き、天皇だけでなく、軽皇子、古人皇子、鎌足、すべての視線は、驚きの表情とともに中大兄皇子に集中しました。

「皇位を譲れ？　……それは譲位ということですか？」

「仰せの通り」

「譲位とは、強要されるものではありません。譲位も力ずくとなれば退位です！」

「そのように受け取っていただいてもよい」

「あなたも分かっているはず。天皇は崩御の時まで天皇であるということを」

「もちろん、それは分かっている」

「天皇は大和の未来のため、熟慮に熟慮を重ね、最も相応しい後継者を指名するのです」

「大和を取り巻く情勢が安定していればそれでもよい。しかし、今はそうではない！」

「それでは母である私を退位させ、息子のあなたが即位するということですか?」

古人皇子は心底怯えていました。

『もし、中大兄が即位すれば私はどうなる? 蘇我系皇族ゆえ殺害されるに違いない』

一方、軽皇子は天皇と中大兄皇子のやり取りを冷静に見守っていました。

『中大兄は私の甥。二回りほど年下だが、時代を変えるために入鹿を討ち、蝦夷を自害に追い込んだ。そして今、天皇に退位を求めている。中大兄は傲慢な人物だ。若さゆえということもあるだろうが……そんな中大兄とは近過ぎても遠過ぎてもいけない。適当な距離を保つことが賢明だ』

中大兄皇子が天皇に向かって一歩踏み出し、答えようとしたその時でした。

「皇子よ、今一度よくお考え下さい」

鎌足が中大兄皇子の耳元で囁きました。

「考え直せ? 何をだ、鎌足!」

「軽皇子はあなたの叔父上です。古人皇子は最有力の皇位継承者であり、異母兄ではないですか」

「それがなんだというのか!」

「皇位継承の序列も年齢も考えず、まだ二十歳の皇子が即位したならば、世の人々はどのように思うでしょうか？」

「世の者たち？　そんなことなど考える必要もない！」

「きっと恭《つつし》みの心を知らない天皇と言うでしょう。人々はそんな天皇を尊敬するでしょうか？」

「尊敬？」

「そうです。尊敬です。たとえ皇子が天皇となり権力を得たとしても、尊敬なくして権威ある天皇にはなれません」

「権威？　権威などなくとも、権力さえあれば人を従わせることができる！」

「お言葉を返すようですが、権威こそが最も天皇に求められるのです。権威の根拠と民からの尊敬があって初めて、人々は天皇を戴くことに喜びを感じるのです」

中大兄皇子が鎌足の言葉をきっかけに自問自答を始めました。

『入鹿を討った私が最高権力者になることは当然と思っていた。……しかも、私の父は舒明天皇、母は皇極天皇。皇位を継承すべきこれ以上の血脈はない。それゆえ私には権威もあると思っていたが……。民の尊敬が必要だとすれば、まだ私が即位する時ではないのかもしれない……』

木々の間を通り抜ける風の音と、遠く小鳥のさえずりが沈黙の隙間に流れ込んできました。

「しかし、私が即位しないとしても、古人の即位、それだけは認めない！」

中大兄皇子が言い放ちました。

「それゆえにです。今は軽皇子を立てるのです」

鎌足が囁きました。

「軽皇子？」

「そうです。事を急ぐことはありません。皇子は時勢を見極めればよいのです。それが皇子のためです」

「時勢を見極める……」

中大兄皇子は鎌足の助言を胸の内で繰り返し、再び皇極天皇に語りかけました。

「私が即位するということではない。譲位を受ける皇族は叔父上、軽皇子を望む」

「私が即位？」

軽皇子は驚きの表情を隠せませんでした。

『いずれとは思っていたが、この状況で即位するなど考えてもいなかった』

古人皇子は安堵で胸をなで下ろしたのでした。

『軽皇子なら私に危害を加えることはないだろう。これで話が収まれば……』

天皇、中大兄皇子、古人皇子、軽皇子、それぞれの想いが交錯するなかで、再び沈黙の時が流れました。

それを破ったのは天皇でした。

「分かりました。私は皇位を弟の軽皇子に譲りましょう。しかし、よくよく覚えておいてほしい。天皇が生前に皇位を譲ることは、大和の歴史上なかったということを」

中大兄皇子は天皇の言葉に頷きました。

「軽皇子よ、聞いた通りです。あなたなら大和をよく治めてくれるでしょう」

「お、お待ち下さい。私が即位するなど、考えたこともありません。どうかそれだけはご容赦下さい」

「いいえ。私が退位するだけでは、天皇空位となり、国の安定が損なわれます」

「いくら天皇の命とはいえ私の即位、それだけは受けられませぬ」

「ならば叔父上はどうお考えか？」

しびれを切らした中大兄皇子が言いました。

「私は……元々最有力の皇位継承者である古人皇子を立てるべきだと思います。私よりも古人皇子が天皇に相応しいことは誰の目から見ても明らかです」

「古人は蘇我系皇族。その古人が即位するとなれば、私はなんのために蘇我を討伐したのか！　それでは私が逆賊となり歴史に汚名を残すだけ！」

中大兄皇子は激しく軽皇子に詰め寄りました。

「そ、それは……」

軽皇子は後ずさりしながら思いました。

『中大兄には本当に恭しみの心が備わっていない。二回りも年上の私を相手に怒鳴り散らすのだから』

中大兄皇子の様子を見て天皇は思っていました。

『中大兄がこれほど傲慢になってしまったのは、母としての私の力が足りなかったから……』

古人皇子は、猛禽類に追い詰められたウサギのように怯えていました。

『私が譲位を受けようものなら、この場で中大兄に殺される。たった二日前、ここで中大兄は入鹿殿を斬殺したではないか。今はこの場を去ることが第一』

突然、古人皇子は座を立ち、後ろに退き両手を胸の前で重ね、天皇に向かって言ったのでした。

「私は、皇極天皇に従う臣の一人に過ぎません。その私が即位することはありません。私は出家して吉野に入ります。そして、天皇のお役に立つようひたすら仏の道を求めます」

古人皇子は、身につけていた刀剣を投げ捨て、その場から去っていったのでした。


天皇と軽皇子、そして中大兄皇子と鎌足が残されました。

「軽皇子よ、私の譲位を受けて下さい。即位できる皇族はもう、あなたしかいない」

『私は傍観すればよいと思っていた。しかし、古人が吉野に退き、中大兄は鎌足の助言を受け即位しない。ならば……』

意を決し、軽皇子が天皇に答えました。

「分かりました。大和と民を守るため、譲位を受けましょう」

この時、中大兄皇子にある思惑が浮かびました。

『軽皇子が即位するとなれば、その周りは私の腹心で固めよう』

中大兄皇子が軽皇子に語りかけました。

「私は皇太子《ひつぎのみこ》として叔父上を支えましょう。内臣《うちつおみ》にはこの鎌足がよい。鎌足なら諸事万端うまく事を運ぶでしょう。そして、左大臣ですが……私は蘇我石川麻呂が最も相応しいと考えます。右大臣は……」

軽皇子は、すぐに中大兄皇子の思惑を読み取りました。中大兄皇子と軽皇子の戦いはこの瞬間から始まったのでした。

『内臣は天皇に一番近い特別な家臣。左大臣は朝廷のすべての家臣を統率する最上位職。だが、右大臣は、左大臣を補佐する立場に過ぎない。私が即位する時、左大臣が石川麻呂、内臣が鎌足となれば、中大兄の息のかかった者ばかり。きっと中大兄は、私を形だけの天皇に祭り上げ、実質的な権力は我がものにするつもりだ』

「中大兄王よ、あなたのお心遣い大変ありがたく思います。しかし、左大臣ならば私は阿《あ》倍内麻呂《べのうちまろ》殿を望みます。石川麻呂殿は右大臣として私を支えてほしい」

『阿倍内麻呂を左大臣に望むか……叔父上は私の思惑を読んでいる。左大臣を阿倍内麻呂とすると、包囲網は不完全だが……ここで揉めては元も子もない。石川麻呂の右大臣は止むを得まい。その分、鎌足がうまくやってくれよう』

「左大臣に阿倍内麻呂、右大臣に蘇我石川麻呂で承知した」

中大兄皇子が軽皇子に返しました。

「私が即位したなら、中大兄王には皇太子として私を支えてほしいと切に願います」

「もちろん、それは言うまでもなきこと」

◇同年七月二日

この日、軽皇子は第三十六代孝徳天皇として即位したのでした。

孝徳天皇は、とても柔らかい物腰で、美しい顔立ちをしていたといいます。よく学問を好み、地位や身分で人を差別することはありませんでした。民のため、多くの詔《みことのり》を降《くだ》したと言います。そして、神道よりも仏法を尊ぶ天皇でした。

孝徳天皇はこの年を大化元年と定めました。天皇は、「大化」に大和の国の立て直しの意味を込めたのでした。

【 豹変と対立と 】

◇六四五年　某日夜〈板蓋宮　天皇の間〉

阿倍内麻呂が一人、天皇の間に控えていました。

「中大兄皇子を荒ぶる王とすれば、軽皇子は目にも麗しき王と言えようか。先帝の皇極天皇と中大兄王の話し合いで、軽皇子の即位が決められた。その時、軽皇子は左大臣として私を強く望んだという。それだけに、私は誰よりも孝徳天皇に忠実であらねば……」

孝徳天皇が奥から姿を現しました。

「左大臣、お待たせしました」

柔らかな天皇の声が内麻呂の耳に届きました。

「ご即位、おめでとうございます。私は左大臣として天皇の御心に沿って仕えることを改めて決意したところです」

「左大臣の働きに期待しておりますよ」

確かに孝徳天皇は魅力的な声を持っていました。阿倍内麻呂の心は、自然と天皇に向かっていました。

一息ついて、孝徳天皇が語り始めました。

「さて私は、上古《いにしえ》の歴代天皇を見習い、民のためこの大和を良き国にしたいと思います。それには何よりも信義が大切です。そのことにつき、左大臣はどのようにお考えですか?」

「信義……仰せの通りです。信義なくば人も国も成り立ちませぬ。天皇が信を以て義を行い、義を以て命を下されるならば、民は安心して日々暮らせます」

「それこそが要《かなめ》。左大臣の考えは私と同じです。どうかこれからの私を助けてほしい」

孝徳天皇は優しい微笑みを投げかけました。

「しかし……、これほど遅い時間に私を呼び出したのは何故でしょう?」

内麻呂が当然の疑問を口にしました。

橙《だいだい》色にゆらぐ炎が仄かに天皇の横顔を照らします。

「実は……他の誰にもできない相談があるのです」

陰りを帯びた天皇の言葉でした。

「誰にもできない相談?」

内麻呂は、抑揚なくその言葉を繰り返しました。

「古人皇子のことです」

「古人皇子？」

「そうです」

「吉野に籠もった古人皇子なら、もう天皇にはなんの影響もないと思いますが……」

「そうでしょうか？　私は決してそうは考えません」

「どういうことでしょうか？」

「蝦夷・入鹿が滅んだとはいえ、蘇我系の勢力は決して侮《あなど》れません。古人が生きている限り、蘇我系が彼を擁立して謀叛を起こすかもしれません……」

「まさか、それは考え過ぎではないでしょうか」

「それが油断というものです。最有力の皇位継承者は古人でした。私ではなく」

「…………」

「あの日……、中大兄は古人の譲位を断固認めず、中大兄に怯えた古人は、身の危険を感じ吉野に逃れました。その結果、私が即位した」

「私は軽皇子こそ即位すべき皇族であると思っていました」

「いいえ、世の人々はそうではないでしょう。だからこそ、他の王族・豪族・氏族、そして民たちの私への尊敬の念は薄い。私には天皇としての権威が不足しています」

内麻呂は、否定も肯定もしませんでした。

「それゆえに、古人の存在は危険です」

「ならばどうなされようと?」

「古人を謀叛の罪で処刑する」

「謀叛の罪で処刑?」

予期せぬ言葉に内麻呂はたじろぎました。

「しかし、そんな証拠はありませぬ」

「確かに証拠はありません。しかし、証言と証人は作ることができる……」

あの柔和な孝徳天皇の表情が、冷徹なそれに変わりました。

その時、橙《だいだい》に照らされたほの暗い天皇の間に、初秋の月から一筋の青い光が差し込んできたのでした。


「証言と証人を作る?……私には分かりませぬ」

「左大臣は、蘇我田口川堀《そがのたぐちのかわほり》をご存じですか?」

「はい。蘇我系の中央豪族です」

「その川堀と古人が吉野で会っていた……とすれば？」

「古人皇子と川堀が？　しかし、それを謀叛というには無理があります。彼らは同族です。会っていたとしても不思議はありませぬ」

「事実、二人は私の知らないところで会っていた」

「だとすれば、天皇はなぜそのことを知り得たのでしょうか？」

「笠臣垂《かさのおみしだる》が私に報せに来たのです」

「垂は確か、吉備（今の岡山県全域と広島県東部）の有力豪族です。……しかし、なぜ垂が川堀の動きを知り得たのでしょうか？　そこも合点がいきません」

「私は古人を監視するため、垂を密偵として放ちました」

「密偵……？　とはいえ、それで謀叛の罪を問うことはできません」

「ですから証人を作るのです」

「どのように……？」

「かつての名門豪族・氏族でも、今は朝廷内で地位を得ていない者たちがいます」

「確かに、物部椎子《もののべのしいのみ》や大和直麻呂《やまとのあたいまろ》はそうかもしれません」

「川堀だけでなく、そこに垂、椎子、直麻呂たちもいたとしたら？」

「それだけの中央豪族、氏族、地方豪族が古人皇子のもとに集結していたならば、謀叛以外は考えられませぬ。しかし、謀叛は死罪です……」

しばらく内麻呂は考えていました。そして、気付いたのでした。

「もしかすると、証言と証人を作るという意味は……？」

天皇がゆっくりと頷きました。

「古人は川堀、椎子、直麻呂、垂と会っていた。謀叛の目的で。そんな証言をする証人がいればよい」

「なんと……」

「古人を謀叛の罪に問う理由があればよいのです。他の者たちを罪に問う必要はありません。謀叛の証言をしたあとは無罪放免とする。さらに朝廷内の地位を望むなら、証言と引き換えにそれを与える」

内麻呂の表情が凍りました。優しい笑みを絶やさない孝徳天皇が、冷徹な本性を見せた瞬間でした。

「だとすれば、私は何を……」

「明日、左大臣のもとに垂が密告にやってきます」

「もう、そこまで手筈が……」

「それを受け、左大臣は古人の討伐を依頼するのです」

「討伐を依頼する？　誰にでしょうか？」

「皇太子、中大兄にです」

「な、なんと……」

「中大兄は元々古人を私以上に邪魔に思っています。そうであれば、彼は喜び勇んで討伐に向かうでしょう」

『中大兄の手で古人を葬ろうとする天皇。目の前の天皇は、私が知るかつての軽皇子と同一人物なのか？　恐るべきは荒ぶる中大兄よりも麗しき天皇……』


〈皇太子の間〉


月も凍るほどに寒い日でした。大和の自然を再現した庭園の一画に取り込まれた天香具山の稜線は、降り続く雪にかき消され、地と空の区別が失われていました。

中大兄は、一人これからのことを考えていました。

「内麻呂を左大臣にせざるを得なかったものの、私と鎌足、石川麻呂で孝徳天皇を包囲できた。ここまではよしとしても、問題は吉野に入った古人だ。古人をこのままにしておいてよいものか……」

そんなことを思案していた時、いくらかためらいがちな誰かの足音が近づいてきました。

「誰かが私に会いにやって来るようだ。約束もなく私に会いに来る人物といえば、天皇、鎌足、石川麻呂、それ以外は左大臣くらいだが……」

「皇太子よ、急を要する用件があります」

内麻呂が、そう言いながら中大兄皇子の部屋に入ってきました。

「これはこれは、左大臣ではないですか。随分と慌ただしい。一体何事ですか？」

「実は……」

一瞬、時が止まりました。

「古人皇子に謀叛の疑いがあります」

「腰抜けの古人が謀叛？　冗談が過ぎますぞ、左大臣」

「いえ、本当なのです。吉備垂が古人皇子の謀叛を密告してきました」

「密告？」

中大兄皇子は、胸の内で左大臣の言葉を反芻してみました。

『古人が謀叛を……垂がそのことを密告した？　……これはいい』

「天皇への謀叛など絶対に許してはならない。それが事実なら古人は極刑！」

「そこで、皇太子にお頼みしたいことが……」

「頼み？」

「天皇が謀叛人の処刑に手を下すわけにはいきません」

「なるほど。それは天皇の権威を穢すことになりかねない」

「そこで私は皇太子に願うのです、天皇に代わり、古人皇子を討伐していただくことを」

『天皇は私の古人に対する思いを知っている。だからこそ、私に古人を討たせようというのか。……面白い。乗ってみるか。謀叛を大義とすれば、私が古人を滅ぼそうとも、誰もそれを咎めはしない』

中大兄皇子は自然に浮かんでくる笑みを押し戻し、内麻呂に答えました。

「左大臣の願いとなれば、お受けしましょう」

中大兄皇子は、兵四十名を送り古人皇子とその子たちを殺害したのでした。

孝徳天皇は考えました。

「唐は、新羅と高句麗の争いに乗じて半島を支配し、やがては大和をも狙う。大和を治める立場になった今、私には国の危うい未来がよく見える。その危機を未然に防ぐためには、統一国家として、大和の力を高めること以外にない。天皇にすべての権力を集め、天皇の権威を高めなくてはならない。そのために行うべきことがある」

孝徳天皇は、誰よりも阿倍内麻呂を信頼していました。内麻呂の娘・小足媛《おたらしのひめ》は孝徳天皇のお妃《きさき》となり、二人の間には有間《ありま》皇子が生まれました。

一方、石川麻呂は、いつも中大兄皇子と行動をともにしていた人物だったので、信頼できる家臣ではありませんでした。しかし、天皇がどうしても必要とするものを持っている人物、それが石川麻呂でした。

ある日、孝徳天皇は蘇我石川麻呂をただ一人呼び出しました。

『なぜ、天皇は私を呼び出したのだろう……。天皇は古人皇子を謀叛の罪で滅亡させた。それも皇太子を使って。私の娘・乳娘《ちのいらつめ》を孝徳天皇の妃として送り出したものの、未だ王子・王女に恵まれない。天皇と小足媛との間には有間皇子が誕生したというのに……。天皇と私の距離は遠いまま。そんな私を、天皇はなぜ呼び出したのか？』

そこに、柔らかな微笑みを湛えた孝徳天皇が奥の間から現れました。

「右大臣、お待たせしました。はて、顔色が優れないようですが」

「いいえ、私は変わりなく過ごしております。天皇のお気遣い、深く感謝致します」

「そうですか、それはよかった……。さて、これからの国づくりには右大臣のお力が何より重要です。そこで、今日はあなたの意見を聞くため、お呼びしたのです」

「私の意見？」

互いの心の内を探り合う静寂の時が流れました。

「今の大和の有り様では、いずれ唐の属国に成り下がるでしょう」

「と、おっしゃいますと？」

「右大臣もご存じでしょう。朝鮮半島では新羅と高句麗が覇権を争い、大和の友好国である百済はその争いに巻き込まれています。百済が滅ぼされることがあるかもしれません。唐は朝鮮三国を争わせて疲弊させ、半島を支配するつもりなのでしょう」

「だからといって、唐が大和を侵略するなど考え過ぎではありませんか？」

「そうでしょうか？　私はそうは思いません。もし唐が半島を支配すれば、次は対馬、次に壱岐、そして筑紫が奪われる。大国の膨張主義とはそういうものです」

「確かにその恐れはあるかもしれませんが……」

「単なる恐れではありません。確かな危機がそこまで迫っているのです。もし、唐が筑紫を支配すれば、その影響は九州全土に及ぶ。そうなった時はもう遅い！」

「大和が唐の属国になるということですか」

「ひとたび属国になれば、独自の言葉、文化、伝統を放棄しなくてはなりません。歴史さえも塗り替えられる。その時、民族は精神の死を迎える」

「民族の精神の死……」

「そんな危機を未然に防ごうとすれば、右大臣はどうすべきと考えますか？」

「私は、家臣の一人として、天皇に仕える立場に過ぎません。天皇のお考えに従うだけです……」

「そうですか……。遠き時代より、天皇がこの大和を治めてきました。しかし今は、豪族・氏族たちの権力が強い。その最たるものが蘇我氏です」

石川麻呂は蘇我系の一人です。天皇の言葉に蘇我への不信感を感じ取りました。

『天皇は、蘇我系の私を信頼していない。しかし、私は中大兄皇子と協力し蘇我本家を倒し時代を変えた。そのことだけは理解してもらわなければ』

「しかし、私は皇太子と協力して入鹿を……」

石川麻呂の言葉がまるで存在しないかのように、天皇が続けて語ります。

「そんな蘇我をはじめ各地の豪族や氏族は、未だにそれぞれが民を使役し、それぞれが税を集めています。これで統一国家と言えるでしょうか？」

「仰せの通り。ならば天皇は、より強力な統一国家にすべきとお考えですか？」

途中で己の言葉を遮られた不満を押し殺し、石川麻呂が答えました。

「そうです。そこで、右大臣にお尋ねする」

天皇が石川麻呂に詰め寄ります。

「今こそ、古《いにしえ》の天皇の足跡に従い、この国を治める時ではないですか！」

「それはどういう意味でしょうか？」

「元々天皇のものでありながら、豪族たちが手にしている権力と富。それらを取り戻すのです！」

天皇は再びあの柔らかな口調に戻りました。

「ただし、それは〝信義〟を基に行わなくてはなりません。豪族たちは私の詔を受け止め、労《いたわ》りの心を以て正しく民を治めてほしい。この考えは間違っているでしょうか？」

『天皇は私を試しているのか？　家臣として信頼できるか否かを。ならば盲従する臣ではなく、右大臣として相応しい進言の方がよい』

「天皇のお考えに間違いなどありませぬ。ただ……」

「ただ？」

「すべての権力と富を天皇のもとに回帰させるということは、豪族たちの権力を剥奪するということです。それは豪族たちの不満の元になります。乱世を招く火種になりかねませぬ」

「ならば、右大臣は如何にすべきと考えますか？」

「まずは、天皇と豪族との信義を固めることでしょう」

「なるほど。それではどのように？」

「豪族たちが崇めてきた神々に、天皇の敬意をお示しするのです。そうすれば、豪族たちの心は和らぐことでしょう」

「それはもっともな意見。早速にも、尾張と美濃に神々への供物を送りましょう」

石川麻呂は、天皇の言葉に安堵したのでした。そして束の間の沈黙が流れました。

「さて……」

天皇が再び語り始めました。

「右大臣は、天皇の権威が何に由来するとお考えか？」

思ってもみなかった質問に、石川麻呂は虚を突かれました。

『その答えはあまりにも自明。ならばこの質問の意図はどこにある？』

しかし、石川麻呂には自明の答えしか思い浮かびません。

「それは、申し上げるまでもなく、三種の神器に他なりませぬ」

「確かにその通りです。そして私は神器を継承した」

「ならば、すでに天皇の権威は引き継がれた……ということです」

「私は思います。未だ天皇の権威は大和の隅々に届いてはいない。それゆえに、豪族たちは、民を私《わたくし》に使役し、勝手に税を取り立てている！」

天皇の口調が再び強くなりました。言葉の端々にかすかな焦燥と確かな決意がありました。

「しかし、天皇の権威を象徴するものは三種の神器以外ありません」

天皇の表情が一変しました。

「右大臣、忘れてもらっては困る！」

天皇が言い放ちました。

石川麻呂は、天皇のあまりに激しい言葉を受け止めることも、かわすこともできず、思考が止まってしまいました。

「一体、一体なんのことでしょう？」

石川麻呂は、かろうじて言葉を繋ぎました。その間、停止した思考を回復させ、乙巳の変から今日までのことを思い返してみました。

その時、あるものが浮かび上がってきました。

次の瞬間、天皇が言いました。

「それは天皇記・国記！」

「やはり……」

消え入るような声で石川麻呂が返しました。

「〝やはり〟と言いましたね、今。乙巳の変の折、中大兄は恵尺から天皇記・国記を差し出されたが自らは受け取らず、右大臣が預かった。それに間違いないですか？」

「は、はい。確かに預かりました。しかし、それは真贋を見極めるためです」

「それならば、その見立てはどうであった。真か？　偽か？」

「いや、それはまだ分かりませぬ……」

「燃え盛る蘇我邸から恵尺が命懸けで持ち出した天皇記・国記。それだけで真と考えてよい！」

「だとすれば、天皇のお望みは……」

「天皇記・国記に他ならぬ！　それがあってこそ、天皇の権威は完成される」

「それはつまり……」

「右大臣の手元にある天皇記・国記。それを天皇に献上することが、家臣としての信義ではありませんか？」

『天皇は三種の神器と同じくらい、いやそれ以上に天皇記・国記を欲している。そうであるなら、なおのこと渡せない。それらが天皇のものとなれば、中大兄王と天皇の力関係は逆転する。中大兄王が危うくなれば私の身もどうなるか……。天皇記・国記は渡せない！』

石川麻呂は決意しました。

「仰せの通りです。しかし、手元にある天皇記・国記は未だ真贋不明です。それを軽々に天皇に献上することなどできません」

「なに、献上せぬと？」

天皇は一度視線を外し、再び石川麻呂を見据え、落ち着いた声で言いました。

「右大臣、今一度お尋ねします。あなたの手元にある天皇記・国記を私に献上してくれませんか？」

「天皇に従うのが家臣の務め。しかし、もしそれが偽書であれば、私は重大な過ちを犯すことになります。それは末代までの恥。どうか、しばらくの猶予をいただきたい」

「そこまで言うか、石川麻呂！　もうよい、下がれ！」

天皇は怒りを隠そうともしませんでした。

◇六四六年（大化二年）正月

賀正の儀礼が終わったあと、孝徳天皇が改新の詔を発しました。

豪族・氏族が民、田畑、土地を私有することを禁止し、天皇が官人を各地に遣わせて、彼らが民と土地を管轄し、官人たちには十分な報酬を与えるという宣言でした。

これまで民は、天皇と豪族から二重の課税と使役に苦しんでいました。しかし、この詔が実行されれば、豪族からの税と使役がなくなります。民は天皇の改新を大いに悦んだといいます。

孝徳天皇は、さらに大和の立て直しに邁進しました。そのひとつが諸国の民と土地を調べ、戸籍を作ることでした。戸籍は税を決めるための基本です。大和全土のどこにどれだけの民がいるのか、どれほどの農耕地があるのか、これまで正確には分かっていませんでした。

◇同年三月二十日
この日、天皇は中大兄皇子を呼び寄せていました。

「お変わりありませんか？　皇太子よ」

「見ての通り、変わるところはありません。天皇に仕え、天皇を支えることを我が喜びとしております」

「そうですか……。しかし、それは……本心ですか？」

「といいますと？」

天皇が探るように言いました。

「あなたの力で私は天皇となった。それは事実です。そんな私に仕えることが本当に喜びなのですか?」

『軽皇子……見た目通りの優男ならば、即位させても思うままに操れると思っていたが、天皇となった途端、豹変した。天皇という地位が軽皇子を変えたのか? 元々の本性が天皇の地位を得たゆえに現れたのか? 古人を私に討伐させ、石川麻呂には天皇記・国記を求めた。軽皇子はただの優男ではなかった』

「皇太子よ、どうしたのです。返事がありません!」

天皇が語気を強め、我に返った中大兄皇子が応えます。

「天皇に疑念を与えたことがあったとすれば、それは私の未熟さゆえです」

『天皇が最も警戒する人物はこの私だ。私の腹心、石川麻呂もそれは同様。そうであれば天皇は、私と右大臣を排除したいはず』

「私はあなたを疑っているわけではありませんよ」

天皇が優しく語りかけました。

「ただ……」

「ただ?」

中大兄皇子が天皇の言葉を繰り返しました。余計な疑念を与えないよう、注意深く。

「この正月の改新の詔、あなたもご存じでしょう」

「もちろんです。民と田畑、土地の私有を禁止し、すべてを天皇のもとに返還する。画期的な政策です」

「それでは、あなたは私の改新に賛成なのですね」

「もちろんです」

「そうですか……。あなたの土地と民も元々は天皇のもの。ならばあなたも当然、土地と民の返還に応じますね」

「わ、私もですか?」

『そうだったのか。天皇はこの改新を利用して私から権力を奪うつもりだ……。これに応じれば権力を失い、拒否すれば謀叛。どうする……』

中大兄皇子は追い詰められるなかで答えました。

「天に二つと太陽はなく、それと同じく大和に二人の王はありません。皇太子の立場にある私であっても、天皇の臣の一人に過ぎません。仰せの通り、私が保有する民と土地の一部をすぐにでも返還しましょう」

「一部?　皇太子の立場にあるならば、率先してすべての土地と民を返還すべきです。そうでなければ、他の王族・豪族・氏族が応じるはずがありません！」

天皇が強く中大兄皇子に迫りました。

「恐れながら、私が必要とする最低限の土地と民の所有はお認め下さい」

天皇は中大兄皇子の答えに満足しませんでした。

中大兄皇子も、一部とはいえ自分の民と領土を手放すことは不本意でした。

天皇と皇太子の間に、冷たい相互不信の溝が横たわった瞬間でした。

「これ以上の話し合いは無駄なようですね」

天皇が突き放すように言ったのでした。

「私の忠誠心だけは信じていただきたい」

そう言いながら、中大兄皇子が両手を胸の高さで重ね、後ろに退き天皇に背を向けた時でした。天皇が思い出したように言ったのです。

「そういえば、この前右大臣が私のもとにやってきました」

「石川麻呂が？」

それを聞いた中大兄皇子が振り返りました。

「天皇記・国記の真贋が明らかになったそうです」

「私は右大臣から何も聞いておりませんが……」

「ほう、そうですか。右大臣は、天皇記・国記が真であると確信できたので、私に献上するそうです」

「天皇記・国記を献上する？」

「本当の忠誠心というものを見た思いがします」

『まさか石川麻呂がそのようなことを行うはずがない。天皇記・国記が真の歴史書であればなおのこと。一体どういうことだ？』

中大兄皇子の心は乱れました。

「あなたと右大臣との間に何があったか分かりませんが……。私は右大臣の忠誠心に感激しました。天皇の権威を裏付けるこの上なき宝を献上するというのですから」

天皇は中大兄皇子の目を覗き込み、心の内を探るように語りかけました。

『石川麻呂は私を裏切り、天皇に寝返ったのか？』

天皇の言葉が心の内でこだまして、それが石川麻呂への不信を呼び起こしたのでした。

【良き書　重き宝】

◇六四九年（大化五年）三月十七日

この日、左大臣・阿倍内麻呂が亡くなったのでした。一番信頼していた家臣だっただけに、孝徳天皇の悲しみと嘆きは大変なものだったといいます。

しかし、その七日後の三月二十四日、石川麻呂が悲劇に襲われます。

石川麻呂の異母弟である日向身刺《ひむかのむさし》が、天皇と皇太子に謁見を申し出ました。追い詰められた目をした身刺が、謁見の間にやって来ました。

「天皇と皇太子に申し上げます」

「私と皇太子に謁見を願うとは、よほどの大事。一体何事ですか？」

天皇に促された身刺は、中大兄皇子に向かって切り出しました。

「皇太子はよく海浜で遊興なさいます」

「確かに。私にとってそれは大切な息抜きの時間。それがどうしたというのか？」

「私は聞いてしまいました。石川麻呂がその遊興の時を狙い、皇太子の殺害を計画しているということを。どうかご用心下さい」

「石川麻呂が私を殺害？　石川麻呂に限りそれはない！」

「あなたの気持ちはよく分かります。しかし、右大臣の弟が通報してきたのです。その事実は重い。そうであれば、まずは本人に事情を質すことが第一でしょう」

「それは、石川麻呂を疑うということ！」

「いえ、そういうわけではありません。右大臣自身に弁明の機会を与える。ただ、それだけのこと。嫌疑を晴らすならそれが一番ではないですか？」

「……確かにそうかもしれません」

中大兄皇子の心には、すでに石川麻呂への不信感があったせいでしょう。天皇の意見を受け入れたのでした。

『石川麻呂が天皇に寝返ったならば、私の殺害はあり得る。私が最も心許す家臣と言えば、鎌足と石川麻呂。それだけに、石川麻呂ならば私の殺害を最も容易《たやす》く実行できる……』

天皇は、すぐに大伴狛《おおとものこま》を呼んで命じたのでした。

「狛よ、右大臣が皇太子の殺害を企てているとの通報がありました。私に代わり、それが事実かどうか石川麻呂に質してきて下さい」

「天皇の代理とは光栄至極。その使命必ずや果たします」

狛は決意を込めて言ったのでした。


狛が武装した部下を率いて石川麻呂邸に到着しました。

「右大臣に申す。天皇の代理としてこの大伴狛が参上した！　開門を願おう」

一介の官吏が右大臣に向かっていう言葉ではありません。

しばらくして石川麻呂が現れました。

「これは大伴狛殿。今から戦《いくさ》にでも向かうような出で立ちではないか。仰々しい様で右大臣の私に何用か？」

静かに、しかし皮肉を込めて石川麻呂が言いました。それを気に留めることなく、狛は石川麻呂に告げたのでした。

「右大臣が皇太子を殺害する計画を持っているとの通報があった。果たしてこれは事実や否や。正直にお答え願おう」

予期せぬ嫌疑に石川麻呂は驚きを隠すことはできません。

「なんですと！　よりによって、この私が皇太子を殺害？　そのようなことは計画どころか考えたこともない！」

「事実を述べていただければよい」

石川麻呂は、しばし考えました。

『左大臣が亡くなり七日を過ぎたばかり。そこに皇太子殺害の嫌疑がかかるとは、あまりにも唐突だし不自然だ。意図がある。私を滅ぼそうとする誰かの意図が……。天皇は一番の家臣だった左大臣を失った。そして、元々皇太子を恐れていた。それゆえ、天皇は皇太子の力を削ぐために、私を亡き者にしようというのだろう。それに乗じ天皇記・国記を奪うつもりか』

「右大臣。先ほどから何も語らぬが」

『そうであれば、結論は決まっている。狛に何を言おうとも、嫌疑は晴らせない。それにしても、私を陥れるため、異母弟の身刺をまで使うとは……』

「右大臣の私が、貴殿ごときに述べることなどない。嫌疑を晴らせというなら、天皇に直訴するのみ」

「なんと無礼な。私は天皇の代理ですぞ！」

「何を言われようが、私の考えは変わらない」

「止むを得ぬ。皇太子の殺害計画を否定しなかった、そのように天皇に報告するまで」

石川麻呂は、両の拳を握り締め、屈辱と恐怖で拳は震えていました。

狛は、蔑むような視線を投げかけ、振り向き帰っていきました。


〈天皇の間〉


孝徳天皇が中大兄皇子に語りかけました。

「皇太子よ、右大臣は狛を追い返し、身の潔白を証明しませんでした」

「そうですか……、きっと何か事情があったのでしょう」

中大兄皇子にそれ以上の言葉は出ませんでした。

「それゆえ、私は皇太子殺害の計画が実際にあったと考えます」

「ならば天皇は、右大臣をどうしようと……」

「兵を出し、石川麻呂を捕らえます」

「石川麻呂が私を殺害するなどあり得ませぬ」

「あなたは、本当にそう思いますか？　あなたの日常を一番知っている人物は右大臣。そうであれば、あなたを一番容易く殺害できる人物は……」

天皇が一言ひとこと確かめるように言いました。

「いるとすれば、誰だと思いますか？」

「誰かと言えば、それは……」

中大兄皇子は天皇の言葉を押し返せませんでした。

「言葉を濁すということは、あなたは石川麻呂を疑っている。そうではありませんか？」

「いや、石川麻呂に限りそれはない！」

「あなたの右大臣を信頼する気持ちは尊い。しかし私は、あなたを守るため、右大臣を捕らえる命令を出さざるを得ません」

「何かの……間違いです……」

中大兄皇子は力なく返しました。しかし、もうそこに確信はありませんでした。


〈石川麻呂邸〉

天皇の命を受けた兵たちが、石川麻呂邸を包囲していました。

それを見た石川麻呂は意を決したのでした。

「天皇はいよいよ私を滅ぼし、天皇記・国記も奪いに来た。私の命運は尽きた……。だからといって抵抗もせず、ただ捕らえられるわけにはいかない。時間を稼ぐ。その僅かな時間が、皇太子をお護りすることになるだろう」

この時、石川麻呂は一人の若い侍従に一通の手紙を渡しました。

「お前にこの手紙を預ける。これを皇太子に渡すのだ。私が兵たちと交渉して時間を稼ぐ。その隙を見て、お前は屋敷から抜け出しこの手紙を皇太子に渡すのだ」

「承知致しました。命に代えても、この手紙、必ずや皇太子にお渡し致します」

石川麻呂は、兵たちと問答を繰り返し、時間を稼いでいました。

月が雲に覆われた時、侍従はその闇を利用して兵たちに気付かれないよう屋敷を抜け出しました。それを確かめた石川麻呂が、兵たちに告げたのでした。

「約束しよう。明日の朝、私は出頭する。その代わり、今宵は家族とともに過ごす最後の夜としたい」

兵士たちはざわつき、戸惑っていました。

「右大臣の言うことが信じられぬというのか！」

石川麻呂が恫喝するように言いました。

兵たちはたじろぎ、やがてその場から去って行ったのでした。


〈中大兄皇子邸〉

侍従は息を切らせ、中大兄皇子邸の前に立っていました。

「皇太子、ご開門下さい！　どうか、今すぐご開門を！」

その夜、中大兄皇子は眠れぬ夜を過ごしていました。

「誰かが叫んでいる。こんな遅い時間に」

「右大臣から大切なものを預かっております！　どうかご開門を！」

再びその声が響きました。

「石川麻呂の使者？　これはただごとではない。石川麻呂の身に何かがあった！」

中大兄皇子は、急ぎ部屋を出て門に向かったのでした。


〈山田寺〉

兵が去ったあと、石川麻呂は家族を連れて屋敷を離れました。一行は、国境《くにざかい》にある山田寺に逃れたのでした。そこで息子たちが父に進言しました。

「皇太子を殺害する計画など天皇の作り話。このまま囚われの身となるよりも、父上の誇りを守るため、兵を起こし戦うべきです！」

しかし、石川麻呂は首を縦に振りませんでした。そしていよいよ意を決し、妃と息子たちに言いました。

「私がこの山田寺を建立したのは天皇のためだった。しかし私は、皇太子殺害計画という嫌疑を受ける身に落ちた……。今はこの寺で、穏やかに最期の時を迎えたい」

「父上。それはあまりにも、あまりにも口惜しいではないですか！」

「それでも私は、君主に怨みを残さず自害の道を選ぶ。どうかお前たちには私のこの気持ちを分かってほしい」

「父上！」

息子たちは号泣しました。

妃がこれまでの想いを込めて語りました。

「私は、あなたがお決めになったことに従うだけです……。私は幸せでした」

「お前にはいつも支えられた……」

石川麻呂と妃が、言葉なき最後の会話を交わしました。

やがて石川麻呂は時を知り、視線を手元の短剣に移しました。剣を鞘から取り出すと、一息置いてゆっくりとその刃先を己の心臓の真上に当てました。剣先の位置を確認すると、意を決し、迷いなく勢いをつけて短剣を胸板に突き刺しました。

剣は石川麻呂の胸板を貫き、剣と肉体の隙間から血しぶきが四方に飛び散りました。

妃と息子たちがこのあと、石川麻呂に殉じたといいます。しかし、石川麻呂の悲劇はそこで終わりませんでした。


〈中大兄皇子邸〉

「ご開門下さい！」

侍従が三度《みたび》、あらん限りの力で叫んだ時でした。

「石川麻呂の使いの者か？」

中大兄皇子が門の内から現れました。

「石川麻呂様よりこの手紙を、必ず皇太子にお渡しせよと命じられました」

息を切らせた侍従が、事情を話しながら中大兄皇子に手紙を渡しました。

「石川麻呂は、己の危機に直面しながら、この手紙を私に残したというのか……」

――・・――・・――・・――・・――・・――・・――・・――・・――・・――

皇子へ

この手紙を受け取ったならば、すぐに私の屋敷に行かれますよう。

書庫に皇子の宝があります。

日嗣の子

絵にも描けぬ古の

誰がその絵を描きたる

くにわかつちのかほたすね

――・・――・・――・・――・・――・・――・・――・・――・・――・・――

「宝が、私の宝がある？　石川麻呂の屋敷に？」

中大兄皇子は、すぐさま馬に跨《また》がり、石川麻呂邸へと急ぎました。


〈石川麻呂邸〉

主なき屋敷の静寂は、まるで石川麻呂の死を悼んでいるかのようでした。

中大兄皇子は書庫に向かいました。

「ここが書庫……」

中大兄皇子が引き戸を開けてなかに入りました。

そう広くはない部屋でしたが、多くの書物が整理され、壁際に重ねられていました。

その部屋の一隅に机がありました。机の上を見やると、大小二つの桐箱が目に入ってきました。

それぞれの蓋箱の中央には、

「良き書　皇太子の書」

「重き宝　皇太子の物」

と記されていました。蓋を開けてみると、そこには多くの書物が収められていました。良き書の右列には焼け跡を残す『天皇記』が、左列には『国記』がありました。重き宝を見ると、そこに収まっていた書に焼けた跡はなく、真新しい墨の香りが立ち昇ってきました。右列には『天皇記』が、中央列には『国記』が、そして左列には『国造本紀』が収められていました。

中大兄皇子はすぐにそれらの書を手にし、目を通しました。中大兄皇子の表情は驚きに変わっていきました。

「まさか、そんなことが……。いや、しかしこれこそが宝、天皇が欲してやまなかった宝！」

中大兄皇子はそう確信し、再び石川麻呂の手紙を読み直してみました。

「それにしても石川麻呂が残したこの四行詩。この意味は一体？」

中大兄皇子は繰り返し読み返しました。

日嗣の子
絵にも描けぬ古の
誰がその絵を描きたる
くにわかつちのかほたすね

「絵にも描けぬ古き情景……それを描いた者……くにわかつち……」

中大兄皇子は考え続けました。

「そうか！　仄かに見えた！　この四行詩の意味が！」

中大兄皇子は、溢れてくる涙を止めることができませんでした。それは悔恨の涙でした。

「石川麻呂よ！　信じ切ることができなかった私をどうか許してほしい。貴殿が残した宝。この宝、私が確かに受け取った……」


〈天皇の間〉

天皇は、物部塩《もののべのこしお》から石川麻呂とその家族が自害したとの報告を受けていました。

「そうですか。石川麻呂は家族ともども山田寺で自害しましたか……。皇太子の殺害計画が白日のもとに晒され、逃げ切れぬと観念したのでしょう」

『自害し果てたとしても、石川麻呂にひとかけらの名誉も許さない。天皇記・国記の献上を拒否し、私の権威を妨げた罪は重い。石川麻呂は許せない』

中大兄皇子に対する不信も、石川麻呂への憎悪を増幅させていたのでした。

天皇が塩《こしお》に命じました。

「皇太子の殺害計画など二度とあってはなりません。石川麻呂の首を切り取り、それを市中に晒しなさい」

「仮にも右大臣であった石川麻呂殿の、自害したあとの屍から首を切り取る？　恐れながら、それはあまりにも心なきこと……」

塩は驚きを隠しませんでした。

「天皇である私の命に従えぬ、とでも？」

狂気の宿る視線に怯え、塩は従うしかありませんでした。

その日の夕方、塩は天皇の命のまま、屍となった石川麻呂の首を切り取ったのでした。

それから間もなく、中大兄皇子は妃の造媛《みやつひめ》を病で失ったのでした。造媛は、父・石川麻呂の非業の死を深く悲しみ、その心労のため亡くなったのでした。

「私の一番大切な石川麻呂と妃を奪った天皇。私は天皇を許さない。許すものか」

中大兄皇子の天皇への憎悪はさらに深まったのでした。

かつて聖徳太子が定めた冠位十二階を、孝徳天皇は十九階の冠位に作り直しました。職位に応じて、天皇は豪族に冠位を与えたのでした。

天皇は左大臣に巨勢徳太《こせのとこだ》を、右大臣に大伴長徳《おおとものながとこ》を任命しました。二人の大臣は、家臣として最高位の「大紫《だいし》」を授けられました。徳太と長徳は、上宮王家の滅亡以来、軽皇子と常に行動をともにした豪族でした。

◇六五〇年（大化六年）

天皇は決意しました。

「これまで都は飛鳥の地から離れることはなかった。その歴史ゆえ、この地で有力な王族、氏族、豪族が民と土地を私有化し力を蓄えた。どれだけ私が民のため詔を降しても、それだけで国は変わらない。新たな冠位を定め彼らに与えても、天皇の権力の及ぶ範囲は限られる。それゆえ私は決意した。飛鳥から遠く離れた難波《なにわ》に都を移し、豪族たちの力を弱め、同時に天皇に権力を集中させる。それでこそ、大和は統一国家の道を歩むことができる。強力な国家とならなければ、唐の干渉を跳ね返せない」

天皇は、都を飛鳥から難波の長柄豊碕《ながらとよさき》（現在の大阪市中央区法円坂）の地に遷都することを決めたのです。

孝徳天皇の決意のもと、難波宮の造営が進んでいきました。

◇六五一年（白雉《はくち》二年）末

ついに難波新宮が完成しました。

この時、天皇は二千百人の僧尼を集め一切経を読ませたといいます。このような仏教に則った儀式を経て、孝徳天皇は難波新宮に移り住みました。

天皇が住まわれる場所を「内裏《だいり》」といい、豪族・官人たちが集まり国の仕事を行う場所を「朝堂院《ちょうどういん》」といいます。

難波新宮は東西、南北ともに六百五十メートルを超える規模でした。これは、それまでの飛鳥諸宮よりもはるかに巨大です。しかも、飛鳥の地から遠い難波宮に務めることになる豪族たちは、自分たちの本拠地を離れなければなりません。

それが孝徳天皇の一番の狙いでした。

この年、新羅貢調の遣いとして、知万沙飡《ちまささん》らが大和にやってきました。しかし、その出で立ちは唐人そのものでした。天皇はそのため、知万沙飡の謁見を許さず追い返しました。

左大臣の巨勢が天皇に話し出しました。

「新羅を代表する高官が、唐人の身なりで大和に現れました」

「新羅は唐の属国に成り下がりました。そして、新羅の後ろには唐が控えているということを示したかったのでしょう」

天皇は大和の危機の兆しを感じ取っていました。

「それでは、これから大和はどうすべきとお考えですか？」

「大和の国力を高めること、それに尽きます」

「それは軍事力を強化するということでしょうか？」

「もちろん、それもあります。しかし、それだけではありません。唐の律と令による国家制度と進んだ文明を学び取ること。それらも国力を高める上で重要です。唐を警戒しながらも外交は維持し、彼らから学び取るのです」

「なんと舵取りの難しい時代なのでしょう」

孝徳天皇は自らの権力を強める政策を急ぎました。それだけに、土地と民の返還を求められ、難波遷都で力を奪われた豪族たちの不満は膨れ上がりました。それは中大兄皇子も同じでした。

〈皇太子の間〉

中大兄皇子は皇祖母尊《すめみおやのみこと》（前帝・皇極天皇）、孝徳天皇の妃・間人皇后《はしひとのきさき》、そして弟の大海人皇子《おおあまのおうじ》（のちの天武天皇）を前に訴えました。

「天皇は、大和の立て直しと称し次々と改革の詔を降している。しかし、あまりに変化が急激なため、豪族たちの不満は高まっている。このままでは、立て直しの前に大和は内部から崩壊する。これからどうすべきか、皆の意見を聞きたい」

長い沈黙のあと、皇祖母が中大兄皇子に語りました。

「そもそもは、あなたが私に譲位を迫り、軽皇子が即位されたのです。その時、あなたは〝これからの時代、強き天皇が必要〟と主張したのですよ」

「大和が強力な統一国家となるためなら、強き天皇が必要。ただ……」

中大兄皇子の次の言葉を誰もが待っていました。

「孝徳天皇は強き国家のためとして、豪族・氏族、さらには私たちの力も削ごうとしている。それを大化の改新と言ってはいるが、私は……」

「あなたは違うと考えているのですね」

「私は今の急激な改新を阻止し、豪族たちの不満を和らげ、彼らの協力を得て国力を高めるべきと考える」

「ならば、天皇にこれまでの政策を変えるよう説得しようとでもいうのですか？」

「口先で天皇の考えを変えることはできない。それよりも手っ取り早い方法がある」

「なんですか？　その方法とは」

「天皇の権力を剥奪する」

そこにいた者は皆、予想しなかった中大兄皇子の言葉に息を飲みました。

「天皇の権力を剥奪する？　それは一体？」

大海人皇子が問いかけました。

沈黙が続き、やがて中大兄皇子がゆっくりと力強く言いました。

「都を再び、飛鳥の地に戻す」

「飛鳥の地へ再び？　天皇の意志とは真逆です。そのようなことができるとは到底思えませぬ」

中大兄皇子は大海人皇子の言葉など気にも留めず、間人皇后に問いかけました。

「皇后はいかがですか？　あなた自身のお考えをお聞かせ願いたい」

「私は皇后という立場。私は天皇のご意志に従うまで」

「私が聞きたいのは立場ではない。あなた自身の思いです！」

「私の思いならば……住み慣れた飛鳥を離れ、難波で過ごすのはつらい。できることなら飛鳥に戻りたい」

「やはり……誰もが飛鳥に戻りたい。そうではないか？　母上も大海人も」

誰も中大兄皇子に反論しませんでした。

「それは他の豪族たちも同じ。ならば、私が天皇に飛鳥に戻るよう願い出る。だが天皇は受け入れないだろう。その時は天皇を置き去りにして飛鳥に戻ればよい。我々全員が」

「なんということを！」

大海人皇子が叫びました。

「従う者がいなければ、天皇の権力など無意味。それが権威なき天皇の末路だ」

皇祖母は、悲しみと後悔の念に駆られていました。

『弟である孝徳天皇と息子中大兄の対立が決定的となった。中大兄が私に譲位を求めた時、それを断っていたなら……私が今も天皇であったならば、こんな未来はなかった。これほど恭《つつし》みの心なき息子になろうとは。私は母としての責任を取らなければ』
間人皇后も中大兄皇子に強要されたとはいえ、天皇を支えることよりも、飛鳥に戻りたい本心を露にしたことを後悔しました。
皇祖母と間人皇后は、目を合わせることもなくその場を去りました。そして、中大兄皇子と大海人皇子が残されました。

大海人皇子には中大兄皇子に訊ねたいことがありました。

『兄は強引に蘇我の時代を終焉させ、さらに軽皇子の即位も主導した。しかし天皇が意のままに操れないと分かった今、天皇を難波に置き去りにするという。そんなことが歴史上あっただろうか？　それは強引な性格だけでは説明がつかない。天皇の権威を認めない、何らかの確信が兄にはある』

大海人皇子が静かに問いかけました。

「飛鳥に戻るというお考えには驚嘆致しました。しかし、兄上も天皇の臣の一人ではないですか。天皇のご意志に反する言動。これは謀叛です」

大海人皇子は兄の真意を測るため、敢えて挑発的な言葉を選んだのでした。

「私以外の臣なら、確かに謀叛だろう」

「ならば、兄上には確信があるのではないですか？　天皇の権威を認めない確信が」

「そう、私には天皇の権威が欠落しているという確信がある」

「権威の欠落？　どういう意味ですか？」

「大海人よ、それでは尋ねる。天皇の権威の源とは何か？」

「それはもちろん、三種の神器です」

「確かにそうだ。しかし、それだけでない」

「ならば、何が？」

「それは……宇宙の歴史、皇統の歴史を記す良き書、重き宝に他ならない」

「良き書、重き宝？　一体それは……」

「それを知るのは、私と天皇のみ……いや石川麻呂がそれを一番知っていた」

「右大臣は……まことに気の毒でした……」

中大兄皇子は懐から石川麻呂の手紙を取り出しました。

「石川麻呂は無実の罪で追い詰められたなか、この手紙を私に残した」

中大兄皇子はそれを読むよう大海人皇子に促しました。

「それでは拝見致します」

大海人皇子は、その短い手紙に視線を落としました。

「右大臣の書庫にあったのですね。その良き書、重き宝が」

「確かに大小二つの桐箱に収まっていた」

「ならば、そこにあった書とは？」

「良き書は天皇記・国記。重き宝は真新しい天皇記・国記、そして国造本紀だった」

「天皇記・国記とは厩戸皇子が残したという幻の歴史書ではないですか！　それは確かですか？」

「確かだ」

「ならば、そこには何が書かれていたのでしょう？」

「驚くことに……」

中大兄皇子は一息置いて、また語り出しました。

「そこには神なき宇宙開闢前の世界が描かれていた」

「なんと、神なき世界とは！　私には想像もつきませぬ」

中大兄皇子は瞳を閉じ、その時のことを思い出していました。

「宇宙開闢前は名のあるもの、姿あるものは何ひとつない。存在はただひとつ、極微の内に封じられた限りなき力」

「極微の内の限りなき力？」

「極微の内より力が次々と湧き出ていた」

「力、力が？」

「極微のなかで力はただうごめいていた。しかし力と力が凝集し、極限を超えた時、地獄をも溶かす大爆発が起こり、極微の世界は破綻した」

「世界の破綻？」

「しかし、それこそが宇宙誕生の瞬間でもあった」

「宇宙誕生……？」

「大爆発のあと、時間と空間が生まれた。そして、自由を得た力は光となり、光は重さを得て存在となり、存在は自ら陰と陽に分かれた。やがて存在同士は引かれ合い、時に反発し、空間は天と地に分かれた。それが神なき世界」

「神なき世界など、一体誰が描けたのでしょう？」

「我々がどれだけ想像の翼を広げようとも、神なき世界を思い描くは不可能」

「ならば、その不可能に達した者とは？」

「厩戸皇子。それ以外にはない」

「厩戸皇子は、神なき世界を知っておられた……」

「それから長い、長い悠久の時を経て、宇宙に三柱の神々が自ら生まれた。さらに時を経て伊邪那岐命《イザナギノミコト》と伊邪那美命《イザナミノミコト》が現れた。この二柱の神が八つの島の大和の国土を創り、風の神、海の神、山の神、木の神、土の神を生み出した」

「神が神を生み出した……」

「やがて天照大御神《アマテラスオオミカミ》と月読命《ツキヨミノミコト》、須佐之男命《スサノオノミコト》が生まれた。伊邪那岐命はこれを大変喜んだという」

「天照大御神は太陽の神、大和の最高神として古来より崇められています」

「高天原《たかまのはら》の天照大御神は、葦原中国《あしはらのなかつくに》、大和こそ子孫が平定する地と定めた」

　中大兄皇子はさらに続けて語ります。

「そこで天照大御神は、孫の邇邇芸命《ニニギノミコト》を葦原中国へ遣わせた。この時、勾玉、鏡、剣が渡された」

「それが三種の神器の由来……」

「こうして邇邇芸命は日向の高千穂に天降り、大和の国づくりが始まった。そして、その子孫である初代神武天皇に国づくりが引き継がれた。我々はその血脈と歴史を継承している」

「ならば、良き書、重き宝とは、宇宙と大和の根源を記《しる》した書！」

「大海人よ、今、多くの豪族・氏族はそれぞれが神の系譜を書き記した旧辞を持つ。しかし、それが真か偽か、判断は難しいとは思わぬか？」

「確かにそれらの真偽はつきかねます」

「だが、この良き書・重き宝を対照すれば、豪族・氏族たちの旧辞の真贋はすぐに分かる」

「なるほど。それぞれが祭る祖先神だけでなく、神以前の極微の世界から描いていれば、良き書、重き宝に由来する真、しかし……」

「祖先神のみ説く旧辞ならば、良き書・重き宝を知らない者による書」

「右大臣はその意味をよく理解していたのでしょう」

大海人は、再び手紙に視線を落としました。

「しかし、この四行詩、
日嗣の子

絵にも描けぬ古の
誰がその絵を描きたる
くにわかつちのかほたすね

この意味が判然としません。〝日嗣の子〟とは、皇太子、即ち中大兄王への呼びかけでしょう。〝絵にも描けぬ古〟とは、太古の宇宙開闢前のことでしょうか。そして、それを描けた者がいるとすれば厩戸皇子。天皇記・国記を知ったあとなら、そんな理解ができます。しかし、天皇記・国記を知らなければ、その意味はまったく分かりません。いずれにしても、結びの〝くにわかつちのかほたすね〟は理解できませぬ」

「私はこの四行詩を何度も読み返した。そしてやがて、この四行詩の意味するところが仄かに見えた」

「……それは？」

「ある地を示していた。私は四行詩の導きのまま、その地に向かった。そして、私は確信した。石川麻呂がその地に足を運んだことを」

「ならば兄上は、良き書・重き宝をどうされたのでしょう……」

「私の手元に置くことはしなかった……」

「ならば、どこに？」

「その地を禁足の地とし、祠を建て、そこに良き書・重き宝を安置した」

「一体その地とは？」

「その地は……御霊殿山《ごりょうどやま》」

「飛鳥に御霊殿山という地はありません……いずれにしても禁足の地とすれば近づく者もない……ならば、それを知る者は？」

「息子の大友皇子のみ」

「大友皇子……それはなぜ？」

「私はいずれ大友を即位させたい。しかし、母は身分の低い伊賀采女《いがのうねめ》。それが大友即位の時、弱点となる。それを補うには天皇の権威の根拠が何よりも必要となる」

「孝徳天皇も権威の根拠を必要としています。良き書・重き宝のごとき権威の根源を」

「それだけに、天皇にその所在を知られてはならない」

「孝徳天皇の権威は未だ不完全。そうであれば、兄上は確信を持って飛鳥に戻ることを我々に示すことができた……」

「そういうことだ」

【 怨讐の罠 】

〈皇太子の間〉

翌日、中大兄皇子が鎌足を呼び出していました。

「鎌足よ、私は昨日、皇祖母、皇后、大海人に伝えた。天皇を難波新宮に置き去りにして、我々すべてが飛鳥に還ることを」

「天皇を置き去りに飛鳥に還る?」

「そのことに反対する者はいなかった」

「なんということ!」

「お前は、他の臣下たちに飛鳥に還る準備をさせるがよい」

この時、鎌足は深く考え込み、しばらくして中大兄皇子に言ったのでした。

「しかし、皇子よ」

「何か考えがあるのか?」

「皇子らが難波を去るとしても、天皇からすべての権力を奪うことは賢明ではありません」

「どういうことだ？」

「外交に関する権力は天皇に残すべきです」

「なぜだ？」

「外国から大和を見た時のことを想像して下さい」

「外国……例えば唐か？」

「そうです。もし、大和が権力闘争をしていること、天皇に実権がないことを知れば、唐はその隙を突き、大和に内戦の火種を落とすでしょう」

「なるほど」

「外国、特に唐に対してはこれまでと変わらず、大和が天皇中心の統一国家であると思わせなくてはなりません」

「では、そのためにどうすればいい？」

「皇子たちが飛鳥に還ったとしても、私だけはこの地に残り天皇に仕えます」

「それで？」

「私は天皇を補佐し、これまでと変わらず遣唐使を派遣します。そうすれば唐は、大和が天皇中心の国家であることを疑いません」

「鎌足は知恵者よ」

「そして、もうひとつ利点があります」

「もうひとつの利点？」

「もし、天皇に皇子を滅ぼそうとする不穏な動きがあれば、いち早くその兆候を察知できます」

「なるほど」

「いかがでしょう？」

「天皇を利用して、外国を牽制しつつ、私は飛鳥で大和の統治に専念する。しかも、鎌足が天皇を監視すれば万全だ。よかろう」


〈天皇の間〉

天皇が内裏で執務をしているところに、中大兄皇子が不躾に入ってきました。

「今日はとりわけ重要な願いがあるゆえ、執務中ながら失礼する」

「随分な意気込みのようですが、一体どのようなお話でしょう？」

天皇は中大兄皇子の言葉から並々ならぬ意志を感じ取りました。

中大兄皇子は、ひとつ息を整えて言いました。

「都を戻していただきたい。難波から飛鳥の地へ」

「なんの話かと思えば、皇太子からそのような戯言《ざれごと》を聞かされようとは」

「戯言ではない。すべての皇族・豪族・氏族・官人たちの一致した願い」

「皆の者が？　たとえそうだとしても、都を移すなど断じて認めることはない！　天皇の私が許しません！」

「やはり了承いただけない……ならば止むを得ぬ」

中大兄皇子は天皇に背を向けて、足早にその場を立ち去りました。

「中大兄よ、お前は一体何を企んでいる！」


「天皇はやはり飛鳥に戻ることを認めなかった。これで手筈通り、皇祖母、皇后、大海人らすべての皇族と、豪族・氏族・官人を飛鳥に戻す。皇后までもが私に従うのだから、天皇にとってそれは何よりの打撃になるだろう。これが私の復讐だ。天皇よ、私の怨み、思い知るがいい」

中大兄皇子は皇祖母と間人皇后を奉り、大海人皇子らを従え、飛鳥の河辺行宮《かわらのかりみや》に入りました。この時、すべての家臣と官人たちも皇太子に従い、飛鳥に移りました。ただ一人、鎌足を残し。

◇六五四年（白雉五年）二月

天皇は、高向玄理《たかむこのくろまろ》を代表者とする遣唐使を派遣し、玄理は唐の都長安で皇帝・高宗に謁見することができました。この時、高宗は大和の詳しい地理や国の初めの大神の名を尋ねたといいます。

しかし、天皇は失望の沼に深く沈み込んでいました。皇后までもが自分のもとを去って行ったのです。その失意はどれほどのものだったでしょう。

天皇のそばにいたのは中臣鎌足だけでした。

「鎌足よ、よくぞ難波の地に残ってくれました」

「何をおっしゃいます。私は天皇の臣下。天皇にお仕えするは当然のことです」

「ともあれ遣唐使を再び派遣し、高宗の謁見も叶えることができました。これもあなたの協力があってのこと。心から感謝します」

「身に余るお言葉です」

「それにしても……にっくきは中大兄。そして、最も悲しきは妃が中大兄に従ったこと」

鎌足は頃合いを見計らって言いました。

「天皇の悲しみはどれだけ深いことでしょう。しかし、天皇のお気持ちを皇后にお伝えすることはできます。天皇の思いが伝われば、皇后は再びこの地にお戻りになるかもしれません」

「あなたに何か考えがあるというのですか？　妃の心を変える方法が？」

「天皇のお気持ちを歌に託すのです」

「歌……、だとしても私の歌をどのように妃に伝えることができるでしょう？」

「私が飛鳥に行き、その歌を皇后にお届けします」

「そうであれば、確かに私の気持ちは妃に伝わる……」

天皇は思いを込めた歌を作ったのでした。

鉗《かな》着《き》け　吾が飼ふ駒は　引出せず　吾が飼ふ駒を　人見つらむか

天皇は歌を鎌足に託し、鎌足は飛鳥に向かったのでした。

〈飛鳥　皇太子の間〉

飛鳥河辺行宮で、鎌足は中大兄皇子と会っていました。

「鎌足よ、その後難波に異変はないか？」

「特に皇子にお報せするほどの異変はありません」

「ならば、天皇の様子は？」

「やはり深く落ち込まれております。かつての力強さはありません」

中大兄皇子の口元にかすかな笑みが浮かびました。

「これからも天皇の監視は続けてほしい」

この時、中大兄皇子は鎌足の懐に目が行きました。

「さて、お前は手紙を持っているようだが、それは？」

「これですか。これは天皇から預かった皇后への歌です」

「何！　どういうことだ？」

「皇后へのお気持ちを歌に託せば、私がそれをお届けしますと言ったのです」

「それは皇后を難波に戻すためではないか。なぜ、お前が天皇に力を貸す！」

「そうではありませぬ。私は天皇の歌を預かりましたが、皇后にこれを渡すつもりは最初からありません」

「渡すつもりがない？　一体どういうことだ」

「この歌は皇后ではなく、皇子にお渡しするだけです」

鎌足は懐から歌の入った封書を中大兄皇子に渡しました。

「なるほど。これでは天皇の歌が皇后に届くことはない。そうであれば皇后の気持ちも動かない。気持ちを込めて作った歌であればあるほど、一層それは精神的な打撃となる。そういうことだな、鎌足」

「仰せの通りです」

鎌足の企みを微塵も疑わなかった天皇は、鎌足に紫冠を授け、数千戸の増封を行ったのでした。

◇同年十一月二十四日（十月十日）
天皇がどれだけ待っても皇后からの返事は来ませんでした。

その失望と中大兄皇子の仕打ちとが重なったせいでしょう。孝徳天皇は体調を崩し、ついに病に伏したのでした。

そのことを鎌足から知らされた中大兄皇子は考えました。

「天皇に最後の一撃を加える時が来た」

中大兄皇子は、皇祖母・間人皇后・大海人皇子を引き連れ、天皇の見舞いと称して難波宮に足を運んだのでした。


〈天皇の間〉

「天皇よ、どうかお気持ちを強くお持ち下さい。我々は天皇のご快癒を心より願っております」

中大兄皇子は復讐を果たした満足感を押し隠し、病床にある天皇を見下すように言ったのでした。

天皇は、中大兄皇子に憎悪の視線を投げかけることしかできませんでした。

「妃よ……」

それが天皇の最後の言葉でした。皇后を見つめる瞳には悲しみが溢れていました。孝徳天皇は失意のなか、崩御なさったのでした。

◇同年十二月八日

中大兄皇子は皇祖母を奉り、飛鳥の地の河辺行宮に再び遷都したのでした。

難波宮の映像は次第に薄れ、消えていきました。

――・・――・・――・・――・・――・・――・・――・・――・・――

あすかが言いました。

「この時代は、中大兄王と孝徳天皇の戦いの時代だったんだね」

「中大兄皇子は、石川麻呂のお蔭で良き書・重き宝を手に入れたんだ」

たけるが応えました。

「でも、良き書の焼け焦げはひどかったけど、重き宝は真新しかったし、良き書になかった国造本紀もあったよね。そこが不思議なの」

「確かにそうだよね。蘇我邸から持ち出されたのは天皇記・国記だったよね。なら、国造本紀はどうしてできたんだろう？　誰かがその分を書き加えたのかな？」

たけるがお父さんに問いかけました。

「う～ん。国造本紀を作ることができた人物がいたとしたら、石川麻呂だろうけど……。じゃあ、なぜそんなことができたのか謎は残るね」

「ところでパパ。中大兄王は良き書と重き宝を手にして、孝徳天皇が崩御なさったわけだから、そのあと中大兄王が即位したんでしょ？」

「ところがこのあと、即位したのは中大兄王じゃなくって、お母さんの皇極天皇だった」

「皇極天皇って退位したよね。そっか、それが重祚ということ？」

「そう。皇極天皇は斉明天皇として再び即位したんだ」

「歴史って不思議～」

たけるとあすかは驚きました。

「あすか、次の時代をもっと勉強しようよ」

「うん！」

二人はまた、マジック消しゴムを手にして大きな円を描きながら声を揃えて言いました。

「マジックビジョン、斉明天皇の時代！」

◇六五五年正月

内裏の奥の間に、皇祖母と中大兄皇子がいました。

中大兄皇子が切り出しました。

「母上に再び即位していただきたい」

「退位を求めたあなたが、私に再び即位せよと言うのですか?」

「今は母上に重祚していただくしかない」

「私が重祚するよりも、あなた自身が即位すればよいでしょう。あなたもすでに三十歳となり、即位して不思議のない年。しかも最有力の皇位継承者です」

「仰せの通り……しかし……」

「しかし?」

「まだその時ではない」

「それはどういう意味ですか?」

「私には、まだ天皇としてあるべき恭《つつし》みの心が具わっていない」

「恭みの心？……ですか」

「かつて私は蘇我本家を滅ぼし、古人皇子を殺害した。さらに孝徳天皇を難波宮に置き去りにした。私には未だ心が整っていない。そんな私が即位すれば、世の人々は私を恭みの心なき天皇と言うでしょう」

「しかし、あなたは強き天皇が求められる時代と言ったではないですか」

「孝徳天皇も強き天皇でした。大和のすべての権力を天皇に集め、強き国家を目指しました。しかし、皆の心は離れていった」

「それを先導したのがあなたです！」

「だからこそ私は思うのです」

「…………」

「権力があれば人を従わせることはできる。しかし、人々が心から天皇に従うとすれば、何よりも尊敬の念が必要です。恭みの心なき私に人々が従うことはないでしょう。それゆえに今は、私が即位する時ではないのです」

「だとすれば、あなたは何を考えているのですか？」

「推古天皇の時代から学ぶべきと考えます」

「それは女性天皇を仰ぎ、権力を皇太子と大臣《おおおみ》に預けるということですか？」

「天皇一人が重責を負うのではなく、皇太子と大臣も責任を分かち合うという意味です」

「それは詭弁です。重祚する私は、形だけの天皇ですか？　ならば私は受け入れません！」

『今は母に重祚してもらわねば。大友はまだ七歳。あと十年。十年経てば十七歳。皇太子として相応しい年齢に達する。私自身は四十歳となり、歴代天皇の即位年齢と変わらない。私の忌まわしい記憶も十年経てば薄れるだろう』

「私は皇太子として無私の心で天皇に仕え、ひたすらに恭みの心を育みたいのです。天皇を疎かにすることなど、毛頭考えておりません」

「それは本心ですか？」

「申すまでもありません」

長い沈黙の時間が流れました。

『私には、母としての責任がある。私が重祚し、その下で息子を育て直すことが必要なのかもしれない。それで中大兄に恭みの心が芽吹けばよい……』

「……あなたの言葉を信じ、再び即位しましょう。それが大和のためと信じ」

中大兄皇子は思っていました。

『残りの問題は先帝の遺児・有間皇子だ。有間は今十六歳。生かしておけばこの先面倒だ。必ず大友の邪魔になる』


有間皇子は、孝徳天皇と小足媛（阿倍内麻呂の娘）の間に生まれた皇子でした。

有間皇子は父の非業の死を見て思ったのでした。

『中大兄は乙巳の変以来、政《まつりごと》を私《わたくし》するばかり。自ら即位させた父を死に追い込み、次は私の命を狙ってくるに違いない。だとすれば、私は狂人のふりをする。中大兄も狂人となった私の命まで奪うことは考えまい』

その日から、有間皇子は狂人のように振る舞ったのでした。

大和の人たちは誰もが言いました。

「孝徳天皇の非業の死を見て、その悲しさに耐えきれず有間皇子は狂ってしまった。なんと不憫な……」

〈飛鳥河辺行宮　天皇の間〉

斉明天皇が中大兄皇子に尋ねました。

「知っていますか？　この頃の有間皇子の様子を」

「心の病に罹り、狂人になったとか」

「まことに気の毒ではありませんか。先帝を追い込んだ者の一人として心が痛む。あなたはどう思いますか？」

「私もそれは同じ思いです」

「有間皇子を快方に向かわせるよき手立てはないものでしょうか？」

「そういえば、紀伊の牟婁《むろ》温泉が心の病に良いと聞いたことがあります」

「あなたにも恭みの心が芽吹いてきたのでしょうか。それでは臣下に命じ、有間皇子を牟婁にお連れしなさい」

「承知しました」

『狂人となった有間は目障りだった。しかしこれで、有間を飛鳥から離れた牟婁に追い出すことができる。そもそも心の病に効く湯などあるものか。その地で一生狂人として暮らせばよい。しかし、私は油断しない。いつ正気に戻るか分からないのだから……』

中大兄皇子は、蘇我赤兄《そがのあかえ》を呼び出しました。

「赤兄よ、お前は私にとって誰よりも信頼できる家臣だ」

「それは何よりもありがたきお言葉です」

「そこで頼みがある」

「なんなりと」

「実は有間のことだ」

「あの狂人となった有間皇子ですか？」

「有間は本当に狂人となったかもしれぬ。しかし、今は狂人であるとしても、いつ正気に戻るやもしれぬ」

「なるほど。やはり皇子のお考えは深い」

「そこで頼みたい」

「はい……」

「有間皇子に近づけ。そして、仕えよ」

「それは有間皇子を監視するためでしょうか？」

「もちろんだ。しかしそれだけではない。奴が正気に戻ったなら、お前が謀叛を煽るのだ」

「謀叛を煽る？」

「そうだ。有間が謀叛を図ろうとした時は、私に知らせよ」

「承知しました」


有間皇子は、長く牟婁の地で狂人を装っていました。しかし、実は孝徳天皇の腹心であった塩屋鯯魚《しおやのこのしろ》や新田部米麻呂《にいたべのこめまろ》と会っていました。この頃、赤兄は有間皇子の信頼を得ていました。

赤兄が有間皇子に言いました。

「皇子はやはり賢明な方です。中大兄の目を眩《くら》ますため、狂人のふりをするとは」

「私は父の非業の死を見てしまった。その時、気が狂わんばかりの気持ちになったことは確かです」

その時、鯯魚が言いました。

「中大兄は油断しています。ならば今こそ、先帝の無念を晴らす時！」

「それは朝廷に対する謀叛ではないですか。私は謀叛など考えておりません」

しかし、赤兄が言います。

「今、民は苦しんでいます。それは、斉明天皇が都の造営のため、富を浪費しているからです。大きな倉を建て民の財産を集め、長い溝を造るためにと田畑が破壊されています。さらには石材や木材を求め山を削り、民は使役されています。民は困窮を極めているのです」

「民が苦しんでいることは私も知っています」

「そうであれば皇子よ、民を救うのです。私怨を晴らすためではありません。今、この時こそ決起すべきです！」

赤兄が有間に迫りました。

有間皇子は長く考えを巡らしていました。

「私の気持ちは赤兄の言葉そのままです」

この時、有間は決意したのでした。

「私は兵を起こし、自ら立ちましょう」

『有間が私の扇動に乗った。ならば……』

すぐさま赤兄が有間に言いました。

「私によき考えがあります」

「よき考え？　それは？」

「まず皇子は天皇と中大兄に、この湯の地で心の病が快癒したとお報せするのです」

「それは何故に？」

「先頃、中大兄と遠智娘《おちのいらつめ》様の間にお生まれの建王《たけるのみこ》が八歳で亡くなられました。天皇は建王を大層かわいがられていただけに、心を痛められております」

それを受けて米麻呂が言いました。

「なるほど。有間皇子の病を快癒に導いた湯であれば、天皇のお気持ちも癒すことができるとお伝えするのだな」

「そうすれば、天皇と中大兄は牟婁に向かいましょう」

「それで？」

「その時、蜂起するのです。天皇御不在の岡本宮《おかもとのみや》に兵を出し、さらには飛鳥と牟婁を繋ぐ水路、陸路を断つのです。そうすれば、天皇と中大兄皇子は牟婁で孤立します。その間、皇子が飛鳥を制圧するのです」

赤兄は一気にまくし立てました。

◇六五八年（斉明四年）

有間皇子は、天皇と皇太子への謁見のため、内裏の天皇の間に控えていました。

やがて斉明天皇が皇太子を従えて現れ、有間皇子にお言葉をかけました。

「有間皇子とは久しぶりにお会いしますが、随分と回復したように見えます」

「はい。牟婁は心の病に大変良き湯でした。そのため私はこの通り、快癒致しました」

「それは嬉しき限り。皇太子もそれは同じ気持ちでしょう?」

「もちろんです。私も有間皇子の回復は何よりも嬉しく思います」

そこで、有間皇子が天皇に向かって言いました。

「私は、天皇が建王のことでお心を痛められていることを知りました」

「そうですか。あなたもそのことを耳にしたのですね。私にとって建王は本当にかわいい孫でした……」

「牟婁の湯は、心の病を和らげます。天皇もそこに湯治に行かれてはいかがでしょう?」

有間皇子の言葉を聞いた中大兄皇子は思いました。

『かかったな、有間。お前は今、自分が正気であることを自白し、しかも牟婁の湯を天皇に勧めた。これは赤兄に煽られた証拠だ』

中大兄皇子は、そのことをおくびにも出さず言いました。

「それは良きことを聞いた。我々も牟婁の湯に参りましょう」

その年の十月、斉明天皇と中大兄皇子は、紀伊の牟婁へ行幸したのでした。

◇同年十一月五日〈飛鳥　赤兄邸〉

有間皇子は、赤兄の屋敷で鰤魚、米麻呂、守君大石《もりのきみおおいわ》、坂合部薬《さかいべのくすり》らと謀叛の計画を練っていました。しかし、その夜、赤兄は密かに謀議の場を抜け出し、牟婁に逗留していた中大兄皇子に使いを出したのでした。それは、有間皇子の謀叛を伝える使者でした。

赤兄からの報せを受けた中大兄皇子は思いました。

『これで有間を処刑する理由ができた』

中大兄皇子はすぐ天皇に報告しました。

「重大な報せがあります」

「一体何事ですか！　皇太子よ」

「有間皇子が鰤魚や米麻呂らとともに謀叛を企てています！」

「有間皇子が、それは本当ですか？　そんなことが……信じられません」

天皇は動揺しました。

「どうかこれよりは私にお任せ下さい。天皇は湯治を続けていただければよい」

「そうですか……」

天皇は力なく応えるだけでした。中大兄皇子は家臣に命じました。

「赤兄に命じよ。有間たちを捕らえよと！」

◇十一月九日
赤兄は中大兄皇子の命を受け、兵を出して有間皇子と謀議に加わった者すべてを捕らえたのでした。不意を突かれた有間皇子は何の抵抗もできませんでした。

有間皇子は悔恨の念とともに天に向かって叫びました。

「一体なぜこのようなことが！　我々のなかに裏切り者がいたというのか！」

有間皇子たちは飛鳥から紀伊・牟婁に送還され、罪人として天皇と中大兄皇子の前に突き出されました。

中大兄皇子のそばに控えていた赤兄を見て、有間皇子は驚きました。

「私と決起を誓ったお前が、なぜ中大兄のそばにいる?」

「簡単に煽られましたな。有間皇子よ」

「そうだったのか……裏切り者は赤兄、そして裏で操っていたのは中大兄か！」

「有間皇子よ、なぜ、お前は謀叛を起こそうとしたのか？」

中大兄皇子は何事もなかったかのような表情で有間皇子を尋問したのでした。

「なんと白々しい……。真実は天と赤兄だけが知っている！」

「何も語らぬと言うか？　あくまでも」

「すべてを知っている者がいるとするなら、それは中大兄、お前ではないか！」

◇十一月十一日
有間皇子は、紀伊国・藤白坂《ふじしろのさか》で絞首刑にされ、鯏魚と米麻呂は斬殺されました。大石と薬はそれぞれ流罪となりました。
藤白坂に向かう途中で有間皇子が残した歌があります。
　岩代の　浜松が枝を　引き結び　ま幸《さき》くあらば　またかえりみむ
有間皇子は、引き結んだ松の枝を再び見ることはなかったのでした。

【稗田の系譜】

この頃、飛鳥から遠く離れた地にあった稗田《ひえだ》家に待望の赤ちゃんが生まれました。その子には「阿礼《あれ》」という名が与えられました。

稗田家には大切な使命がありました。その使命を引き継ぐ新たな命でした。夫が妻をねぎらうように言いました。

「ようやく元気な赤子に恵まれた」

小さな指を一生懸命動かしている赤ちゃんを見ながら、お母さんが言いました。

「私たちのもとに生まれてきてくれた小さな命。かわいい。本当に」

「元気な赤子を見るだけで力が湧いてくる」

「本当、そうですね」

「これで稗田の系譜が保たれる……」

「はい」

「稗田の使命は、父が厩戸皇子にお仕えした時から始まった」

「そうでしたね」

「それは私たちの誇りでもある」

「はい」

「稗田家は古代より記憶力に優れた家系だった。見たものすべてをそのまま記憶に留め、耳にした言葉はひとつの誤りもなく口にできる」

「あなたもその力を引き継いでおります」

「厩戸皇子はそんな稗田のことをお知りになり、斑鳩の地に父を呼んだ」

「はい……」

「父は小さな私に当時のことを聞かせてくれた。その話をする時の父は本当に誇らしげだった」

「その時のお父様のお仕事は……」

「推古天皇に献上する天皇記・国記のすべてを読み覚えることだった。父がすべてを読み覚えてから、厩戸皇子は天皇記・国記を馬子様にお預けした」

「厩戸皇子はきっと、色々なことを考え抜かれたのでしょうね」

「漢語で書かれた天皇記・国記は書として残るとしても、それらを大和言葉としてどのように声に発するか、それは厩戸皇子にしか分からぬこと。皇子はそれを後世に残そうとお考えになった」

「皇子はそのために稗田の者を必要としたのでしょう」

「そして、皇子はすべてを父に伝えた」

「あなたも小さい頃から天皇記・国記をお父様から習い覚えたのですね」

「それ以来、親から子へと天皇記・国記を口伝することが稗田家の使命となった」

「今ではそれを知る者は誰もおりませぬ。上宮王家が滅ぼされてからは……」

「しかし、石川麻呂様が探し出してくれた。緑に恵まれたこの美しい地で、ひっそりと暮らす私たちを」

「石川麻呂様は、天皇記・国記の真贋を明らかにするため、あなたを必要とした。そしてあなたは、右大臣に呼ばれました」

「私は屋敷にあった天皇記・国記を目にした。かつて、父もこれらの書を見ていたのかと思うと父を身近に感じたものだ。それから、右大臣と私の共同作業が始まった」

「あなたは、天皇記・国記の二通りの読み方を覚えていました」

「漢語としての読み方と、大和言葉としての読み方を。右大臣は目で文字を追い、私は漢語で読み始めた」

「その時の石川麻呂様はいかなる様子だったでしょう?」

「大変に驚かれていた。私の発する声は、漢語と完全に一致したのだから」

「それが終わったあとは……」

「最初の頁に戻り、次は大和言葉で読み始めた」

「でも、私が知る限り、漢語と大和言葉では語順からして違います」

「例えば、『皇極天皇、位《みくら》を孝徳天皇に譲る』を漢語で書けば『皇極天皇譲位於孝徳天皇』となる」

「語順の異なる漢語を大和言葉で読もうとすれば、どうすればよいのでしょう?」

「そこに工夫があった」

「工夫?」

「厩戸皇子は、漢数字を使い、漢語と大和言葉の語順の相違を克服した」

「それはいかなるものでしょう?」

「文中に漢数字の〝一〟と〝二〟があれば、〝一〟にかかる文字を先に読むという決まりにした。それゆえ『皇極天皇譲二位於孝徳天皇一』とすれば、『皇極天皇、位を〝孝徳天皇〟

に〝譲〟る』となる」

「そうであれば、いかなる漢語も大和言葉に置き換えることができます……しかし」

「しかし？」

「大和言葉では〝て、に、を、は〟などがとても大切です。そこを誤ると、調べは狂い、意味を失うことさえあります」

「皇子様はそのこともよくお考えになっていた」

「といいますと？」

「朱色の点を用いて〝て、に、を、は〟の区別をなさった」

お父さんは、お母さんの目の前に四角形を描きました。その左下の角に〝て〟と書き、時計回りで順番に残り三つの角に〝に〟、〝を〟、〝は〟を描きました。

「この四角形を漢字一文字に見立てると、このような決まり事になっていた。例えば、〝孝徳天皇〟であれば〝に〟であるから〝孝徳天●皇〟とした。

〝て〟であれば〝孝徳天皇●〟、

〝を〟であれば〝孝徳天●皇〟、

〝は〟であれば〝孝徳天皇●〟となる」

「ならば『皇極天皇譲二•位於孝徳天•皇一』と記せば、『皇極天皇、位を孝徳天皇に譲る』と読めます……石川麻呂様はこれをどうお感じになったのでしょう」

「ただ、驚きのご様子であった。漢語をこれほど簡単に大和言葉に読み替えるなど、誰も考えつかなかった。大和言葉の調べも失わず」

「それでも私はなお、不思議に思うところがあります。大和言葉を漢語に書き写すことはどのようにすればよいのかと」

「例えば？」

「例えば和歌です。見たもの、感じたことをそのままに大和言葉で表現する和歌を、漢語に書き写すことができるとは思えないのです」

「それはお前の言う通りだ。しかし、漢字以外の書き言葉はない。そこで、皇子は漢字の音を借りて、大和言葉を漢字に置き換えた」

「といいますと？」

「例えば、孝徳天皇が一人難波宮に置き去りにされた時、間人皇后に宛てた歌があった」

「どのような歌でしょう？」

「私が聞き覚えていたものは、『かなきつけ　あがかふこまは　ひきでせず　あがかふこ

まを　ひとみつらむか』だった」

「私には『悲しきに　我が恋う君は引き出せず　我が恋う君をひとめ見つらむ』と聞こえます。天皇の、皇后への切ないほどのお気持ちが伝わってきます。これは大和言葉であればこそだと思います」

「そこで厩戸様は、ひとつひとつの大和言葉に漢字一文字を充て『舸娜紀都該　阿我柯賦古麻播　比枳涅世儒　阿我柯賦古麻乎　比騰瀰都羅武箇』と記《しる》された。この時、それぞれの漢字の意味を問うことはなく、音のみを借りて大和言葉を漢語のごときに表した。しかし、こうして孝徳天皇のお気持ちが永遠に残された」

「厩戸皇子はなんと偉大な方でしょう。漢語を知り、大和言葉を知り、調べも美しさも損なわず、大和は書き言葉を得ることができた……」

「それゆえ石川麻呂様は、天皇記・国記を〝真〟であると確信した。しかし、話はそこで終わらなかった……」

「といいますと？」

「私が習い覚えたものは、天皇記・国記だけではなかったからだ」

「他に何かあったということでしょうか？」

「それが国造本紀。天皇記・国記は残されたが、国造本紀は消失していたことがそこで初めて明らかとなった」

「あなたが国造本紀を覚えていたから……」

「完全に失われていた国造本紀も復元することができた。そして、それら天皇記・国記・国造本紀を合わせて石川麻呂様は〝先代旧事本紀〟と定めた」

「石川麻呂様は、さぞかしお喜びでしたでしょう。そして、あなたも……」

「失われた大和の歴史書の復元に貢献できたのだから、それはこの上なき喜びであった」

「お父様があなたに天皇記・国記、そして国造本紀を読み習わせたように、あなたもこの子にそれらを読み習わせるのですね」

「きっとこの子も将来、重要な役割を果たす時が来るだろう」

「大切に育てましょう。この子を」

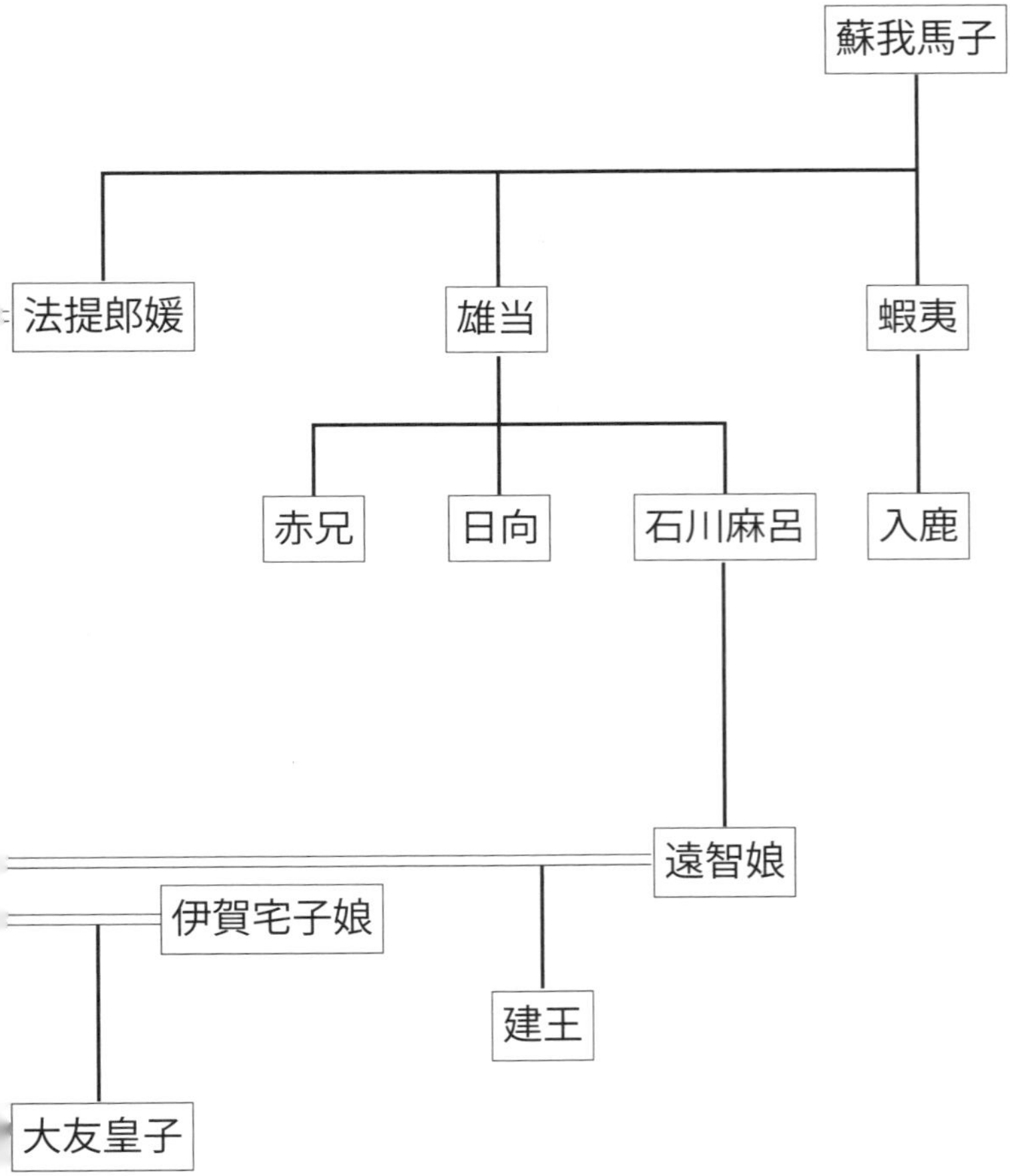
蘇我馬子
法提郎媛
雄当
蝦夷
赤兄
日向
石川麻呂
入鹿
遠智娘
伊賀宅子娘
建王
大友皇子

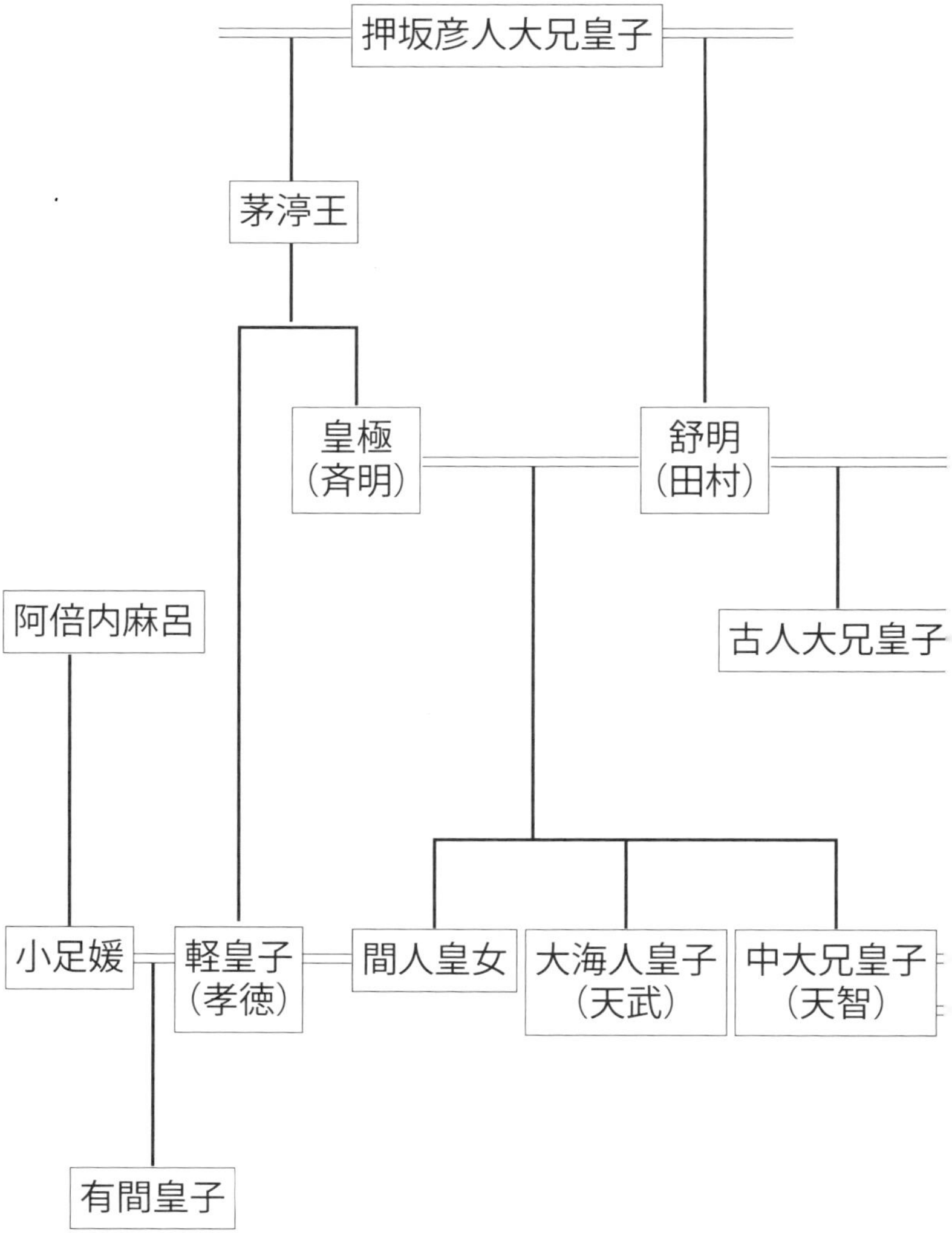
押坂彦人大兄皇子
茅渟王
皇極（斉明）
舒明（田村）
古人大兄皇子
阿倍内麻呂
小足媛
軽皇子（孝徳）
間人皇女
大海人皇子（天武）
中大兄皇子（天智）
有間皇子

【白村江への道】

この頃、朝鮮半島の情勢は大きな変化を迎えていました。その振動は次第に増幅し、激震となって大和を襲っていくのでした。

唐は高句麗の征伐がうまくゆかず、そのため新羅と手を結びました。そこで唐と新羅は、高句麗制圧の前に、弱小国である百済から攻略することに決めたのでした。

当時の百済は義慈《ぎじ》王が支配していました。しかし、その時代の百済はとても乱れていました。その原因は義慈王自身にあったのです。

〝外には直臣を棄て、内には妖婦を信じ、刑罰の及ぶ所ただ忠良にあり〟

〝君《こしき》の大夫人《はしかし》の妖女無道《たはめのこあぢきな》くして、擅《ほしきまま》に国柄《くにのかび》を奪ひて、賢良《さかしひと》を誅《つみ》し殺すに由りての故に、斯《こ》の禍《わざはひ》を召けり〟

義慈王は、唐と新羅の攻撃をかわすようにという直臣の助言を聞き入れず、そんな忠臣を制裁し、怪しげな妖婦の占いを信じ、挙げ句の果てに国を滅ぼしたのでした。

◇六六〇年（斉明六年）三月
唐は蘇定方《そていほう》を将軍として十三万人の軍を率い海から、新羅王は五万の兵力を以て陸から百済に攻め込みました。

◇同年七月十八日
百済軍は敗走を続け、ついに義慈王は唐軍に捕らえられ本国に連行されました。この日、百済は滅亡したのでした。

しかし、唐と新羅の主力軍が高句麗に向かったので、百済国内の守備隊は手薄になりました。それを見た百済遺民は、隙を突いて各地で反乱を起こしたのでした。

◇同年九月
百済遺民は大和に支援を求めました。遺民の代表者、鬼室福信《きしつふくしん》は、飛鳥に佐平《さへい》（官位）の貴智《くいち》らを派遣しました。飛鳥には義慈王の子・扶余豊璋《ふよほうしょう》が質《しち》として滞在していました。謁見を果たした貴智は、斉明天皇に直訴しました。

「大和の天皇に申し上げます。百済は唐と新羅の手により滅びました。しかし、私たちは諦めてはいません。大和の支援があれば百済は復興します。天皇のそばにいる扶余豊璋を、我らの新たな王として、母国の復活を果たしたいのです」

天皇はしばらく考え込んでいました。

『大和は百済とは特に深い親交があった。新羅と高句麗には、どちらかに偏ることなく距離を保つことを半島外交の基本としてきた。そして、唐には遣唐使を派遣し、警戒しながらも対立は避けてきた。しかし百済が滅んだ今、半島の均衡は崩れた。唐と新羅は、共通の敵である高句麗を滅ぼすかもしれない。そうなった時、次に唐と新羅は大和を狙う。だとすれば……』

「大和にとり大切な隣人である百済が滅んだことには心が痛みます。また、豊璋殿とは家族同然に親しく付き合ってきました……」

「それならば、百済復興をご支持いただけますか？」

豊璋が、願いを込めて天皇を見つめて言いました。

天皇は、さらに考え込んでいました。

『唐・新羅の干渉を防ぐためには半島情勢を元に戻すこと。そのためには百済復興を果たすことが何よりも肝要。百済を大和の防波堤としなければ』

「……私は百済復興を支持します」

「あ、ありがとうございます。大和の支援があれば、必ずや百済は復興します！」

貴智が喜びの表情を浮かべて言いました。

「それでは、私自身が筑紫に行き自ら軍の指揮を執りましょう」

その時、大海人皇子が天皇に進言したのでした。

「豊璋王子は確かに我々の友人です。だからといって、唐と新羅を敵に回し、百済復興を支援するなど無謀です。そもそも義慈王の悪政で百済は乱れたのです。百済が滅んだのは、いわば自業自得。私は百済の救済には反対です」

「半島が不安定であればこそ、大和は内外に決意を示さなくてはなりません。百済を復興させねば、大和は唐・新羅の干渉を受けるでしょう。大和は百済を支援します。今、強き天皇が求められているのです」

「強き天皇……」

中大兄皇子が思い出したようにつぶやきました。

◇六六一年一月六日

斉明天皇は、中大兄皇子と大海人皇子を従えて、筑紫に向かったのでした。

マジックビジョンの映像が次第に薄れ消えていきました。

——・・——・・——・・——・・——・・——・・——・・——・・——・・——

たけるが言いました。

「皇位継承を巡って、こんなにもたくさんの争いや謀略があったんだ。なんだか言葉が見つからないよ」

「わたし、思い出した……聖徳太子の時代に行った時のこと。宇遅能和紀郎子《うじのわきいらつこ》様のお話のあと、太子様が悲しげな眼差しでおっしゃっていた。『皇統を継ぐ者同士が天皇の地位を巡り争っては、悲しさと虚しさ以外の何が残るでしょうか』って」

「太子様には、悲しい未来が見えていたのかな?」

「そうかもしれないね」

お父さんがぽつりと言いました。

「そういえば、ヤマトタケル様がぼくたちに教えてくれたよね。『天皇とは己を無にして神々に祈ることのできるただ一人の存在』だって。そして『己を無にするためには心に本当の強さと慈愛が必要』ということを」

「これだけ皇統を巡る争いがあったのは、己を無にすることが難しいからなのかな？」

「そうかもしれないね。それも含めて歴史なんだろうね」

お父さんがしみじみと言いました。

たけるがそれに続きます。

「そういえばあすかは、元々なかった国造本紀がどうして石川麻呂邸にあったのか不思議だって言ってたね」

「うん。でもマジックビジョンを見て分かった。太子様が昔、稗田家の人に天皇記・国記、そして国造本紀を全部習い覚えさせていたんだ。それも、漢語と大和言葉の二通りの読み方で」

「稗田家に読み方が引き継がれていたから、石川麻呂は国造本紀も復元できたんだ」

「ここで、たけるとあすかに問題です」

いきなりお父さんがふたりに言いました。

「飛鳥時代は厩戸皇子と呼ばれていた太子様だけど、いつ頃から聖徳太子と呼ばれるようになったんでしょうか？」

「え〜、分かんない。お兄ちゃんは？」

「ぼくもそこまでは分かんないよ。お父さん、答えは？」

「聖徳太子っていうのは諡《おくりな》といって、後世の人達が厩戸皇子への尊敬の念といろんな事績への感謝の気持ちを込めて贈ったお名前なんだ」

「それでいつ頃から聖徳太子って呼ばれるようになったの？」

「記録としては、天平勝宝三年（七五一年）に編纂された『懐風藻』が最初と言われているよ。それは厩戸皇子が薨去なさってから百二十九年後のことだね」

「そっか。それから以降、ずっと聖徳太子という諡が広まってきたんだ。それでぼくたち、厩戸皇子よりも聖徳太子という方で覚えているんだね」

「そういえば、お兄ちゃん。中大兄皇子は良き書と重き宝を〝御霊殿山〟っていうナゾの場所に隠したみたいだよ」

「歴史って、そのなかに入ると本当に面白いことだらけだね〜」

「ところでパパ、百済復興のために斉明天皇ご自身が筑紫に行かれる決心をしたんだね」

「そうだったね。でもそこから大和の歴史的ピンチが始まったんだ」

「ぼく、この前勉強したんだ。斉明天皇は飛鳥を出発したけど、体調を崩して筑紫の朝倉宮で崩御なさったんだ。それは六六一年の七月だった」

「へ〜、お兄ちゃん、よく勉強しているね」

「もちろん」

「じゃあ、今度こそ中大兄皇子が即位したんだ。きっと」

「ところがそうじゃなかったんだ。中大兄皇子は即位しないで、天皇の代行者となった。それを称制《しょうせい》というんだよ」

「じゃあ、その時の大和は天皇空位だったの？」

「あすか、さっき勉強した天皇空位がさっそく出てきたね。ナイス！」

お父さんが、続けてあすかに説明しました。

「大和は天皇空位で唐・新羅軍と戦ったんだ。これは外国との本格的な戦争として歴史上初めてのことだった。それを白村江《はくそんこう》の戦いっていうんだよ」

「それじゃあ、白村江の戦いは、結局、大和が勝ったの？　それとも負けたの？」

「そこはぼくが教えてあげよう」

「頼むよ、たける」

「六六三年三月、大和は百済復興のため千の船と二万七千人の兵を半島に送ったんだ。そのうち一万人の兵は陸路から新羅軍と戦いながら白村江に向かい、残りは西海岸沿いに船で白村江に向かったんだ」

「古代の大戦争だね」

「大決戦はその年の八月二十八日だった。大和軍の作戦は、敵陣に向かって、ただただ突撃するというものだったんだ」

「えー、それって作戦というにはすごく単純じゃない？」

「その頃の大和は、水上での戦いなんて経験がなかったからね」

お父さんがフォローしました。

ここから、たけるがまた説明を始めます。

「唐軍は八月十七日に白村江に着いていたから大和軍を迎え撃つ準備は万端だったんだ」

「へ〜、それで？」

「唐は白村江の両岸に軍船を待機させ、大和軍が河口から攻め上がってくる時を待っていたんだ。しかも、唐軍には巨大で戦闘能力抜群な軍船がたくさんあったんだ」

「そこに、大和軍が真ん中から突撃してきたの？」

「そういうこと。待ち構えていた唐軍は両岸から大和軍を挟み撃ちにして、八月二十八日の一日で決着がついたんだ。その時沈没した大和軍の船は四百艘にもなったそうだよ」

「お兄ちゃん、すごく勉強してるんだね〜」

「まぁね。だから、外国との初めての戦争は大和の大敗北だったということなんだ」

「それって、なんだか大東亜戦争に似てない？」

「あすか、鋭い！」

お父さんが言いました。

「勘で言っただけなんですけど……」

「あすかの言った通り、白村江の戦いと大東亜戦争は似ているかもね。白村江の時は、大和の友好国だった百済が唐と新羅に滅ぼされたから助けようとした。じゃないと、次は大和が征服されるかもしれなかった。大東亜戦争の時は、欧米列強に植民地化されていたアジアの国々を解放するため、そして日本の自存自衛のためアメリカと戦った」

「やっぱり、似ているね」

「もうひとつの共通点は、情報不足のまま戦争を始めたことかな」

「もし大和や日本が情報を集めて、ちゃんとした判断をしていたら、違った結果になっていた？」

「そうかもしれないし、そうじゃないかもしれない……。その時代にもし自分がいたら、どんな判断をしただろう？　どう生きただろう？　それは分からない。歴史って、その時代の人々が一生懸命に生きた積み重ねだから、軽々しいことは言えないね」

「だけど戦争を終わらせるのは、始めるよりも難しいよね？　わたし、そんな気がする」

「実際に大東亜戦争の時、大臣たちは終戦を決断できなかったよ」

「だから昭和天皇がご聖断を下し、やっと戦争を終えることができた。そうだ。たける、あすか。その時の終戦の詔書を覚えている？」

「う〜ん。ちょっと難しい文章だったから、わたしはあまりよく分からなかった」

「『堪えがたきを堪え、忍びがたきを忍び』っていうフレーズはよく知られているよね。だけど、実はその前に、とっても大事な言葉があったんだ」

「え〜、なんだろう？　気になる〜」

「じゃあ、あすか、今度はその時代を勉強しよう」

二人は、マジック消しゴムを手にして大きな円を描きながら声を揃えて言いました。

「マジックビジョン、終戦詔書の時代！」

昭和二十年八月十日、真夜中の皇居の映像が流れてきました。

ホワイトハウスの虹

【義命の行方】

◇昭和二十年八月十日　午前二時　〈皇居　御文庫《おぶんこ》付属室（地下防空壕会議室）〉

大臣たちは、固唾を飲んで天皇のお言葉を待っていました。

「私は……外務大臣の意見に同意である」

その時、そこにいたすべての人たちはすすり泣いていました。

天皇は一言ひとことを絞り出すように語ったのでした。

「この状態で　本土決戦に突入したなら　どうなるか。日本民族は皆　滅んでしまう……。そうなれば　どうしてこの国を　子孫に伝えることができよう。今は　一人でも多くの国民に生き残ってもらい　将来再び立ち上がってもらう以外に　この日本を未来に残す術はないと思う」

閣僚のなかには号泣する者もいました。

「皆の者は　私のことを心配してくれるが　私はどうなっても構わない。私が如何になろうとも　万民を救いたい」

官房書記官として会議に参加していた迫水久常《さこみずひさつね》も、涙を止めることができませんでした。

しかし涙しながらも、迫水は天皇のお言葉をメモにしていました。

「私のこれからの仕事は、終戦の詔書案を早急に用意することだ。詔書というものは、格調高き漢文体とするのが決まりとなっている。これぱかりは私にはできない。最高権威の漢学者である川田瑞穂《かわだみずほ》先生にご尽力をいただくしかない」

◇同年八月十日　早朝

迫水は、川田邸に使いを出して首相官邸まで来てもらいました。

「川田先生。天皇陛下がご聖断を下されました。そのため、終戦の詔書を用意しなくてはなりません。しかも今、我々が置かれた状況に一刻の猶予もありません」

「そうですか。ついに終戦のご聖断が下ったのですか……」

「そこでお願いです。ここに天皇のお言葉を記録したメモがあります。未明に終わったばかりの御前会議のメモです。これを参考になさって、終結の詔書原案を作っていただきたいのです」

「長い日本の歴史のなかで、終戦の詔書というものは……ない」

「確かに、参考とすべき前例はありません」

「それだけに、終戦の詔書は日本の歴史が続く限り、永遠に語り継がれる……。それを作る役割がこの私に巡ってくるとは……」

長い沈黙が続きました。そして、川田に決意の表情が浮かびました。

「承知した。これもこの時代に生まれた漢学者の宿命。己の使命と受け止めよう」

川田は、迫水のメモから天皇のお気持ちを推し量りながら、歴史上初めての詔書に取り組みました。己の知識と経験のすべてを出し尽くし、荘重な漢文体の詔書案を一晩で書き上げたのでした。

川田の案は、〝朕茲《ここ》に忠良なる爾《なんじ》臣民に告く〟で始まる漢文体でした。

〝この戦争はアジア解放という大義あるものであったが、原爆投下を受け、これ以上国民の犠牲を見るに堪えられない。そのため私はこの戦争の終結を決意した。終結後の日本の苦難は尋常でない。しかし、今残された道は戦争の終結しかない〟

そのあと、天皇のお気持ちを次の文章に託したのでした。

〝朕は實《じつ》に堪へ難きを堪へ忍ひ難きを忍ひ　臥薪嘗膽《がしんしょうたん》為す有るの日を将来に期し爾臣民

の協翼《きょうよく》を得て永く社稷《しゃしょく》を保衛せむと欲す〟
（私は、実に堪え難きを堪え忍び難きを忍び、将来の日本国の飛躍のため、今はひたすら耐え、国民のすべてが協力し国家を永く守り続けることを望む）

川田案は八月十一日十二時頃、迫水が清書しました。それをもとに、外務省など政府関係者から意見を集約し、その日の夜、修正の入った詔書案を作ったのでした。

「しかし、これで完成とはならない。日本の歴史と伝統に照らした時、適切な詔書となっているかを国学者の第一人者である安岡正篤《やすおかまさひろ》先生に見てもらわなければ」

◇同月十二日　早朝

迫水は、安岡邸に出向いたのでした。

「川田先生に戦争終結の詔書案を作っていただきました。政府関係者の意見も取り込みました。どうか、安岡先生のご意見をお示し下さい」

安岡は、その詔書案に視線を落としました。

「川田先生は、さぞつらい思いを抱きながら筆を執ったのでしょう……。天皇陛下と川田先生のお気持ちを受け止め、私も全身全霊で取り組ませていただく」

　安岡は修正案を最後まで読み通し、迫水に言いました。

「川田先生の労作、これはこれでよいのだが……。私は、さらにこの戦争の大義から日本の誇りある敗北を明らかにしたい」

「安岡先生、それはどういうことでしょうか？」

「この戦争の目的はアジア諸国の独立を導き、人種差別のない新たな世界秩序を建設することにあった。これは人類史のなかで立派な大義と言ってよい。そうであれば、日本は連合国に降伏するとしても、その大義までもが否定されるわけではない。むしろ、大義に照らせば、誇りある敗北というものがある」

「誇りある敗北ですか……」

「日本は世界に恥じることなく、堂々たる態度で鉾《ほこ》を収めると宣言すればよい。この詔書はそれを国民に示す指針とすべきである」

　安岡は、朱筆を手に取り新しい文章を書き加えました。

〝**義命の存する所**　堪へ難きを堪へ　忍ひ難きを忍ひ　以て**萬世の為に太平を開かむと欲す**〟

「安岡先生、この義命という言葉、私はこれまで目にしたことはありません」

「これは『春秋左氏傳』成公八年の項にある、〝信以行義 義以成命〟から得たものである。信を以て義を行い、その義を以て命を成すものであれば、人はその命を心から受け入れる。義命とは大義ある使命に他ならない」

「それでは、この大東亜戦争の義命とは何でしょう？」

「日本とアジア諸国の信、天皇と国民の信、それら信を以てアジア解放という大義を果たさんとの使命がこの大戦であった。日本人は、勝敗にかかわらずそれを義命と心得ればよい」

「そういうことですか……。しかし、〝萬世の為に太平を開かんと欲す〟という表現は、戦勝国を刺激しないでしょうか……」

「それを敗北主義というのだ！　この詔書こそ壮大な人類普遍の理念と結びつけるべきである。我々はもはや勝者たり得ない。であれば〝敗者の真理〟を求めなくてどうする！　それでこそ、この敗北に崇高なる意義が与えられ、日本と世界のよりよき未来に繋がるのではないか！」

「分かりました。安岡先生のお言葉に日本人のあるべき精神と魂が宿っています。それでは、これを最終詔書案として鈴木貫太郎首相にお渡しします」

迫水は大事そうに最終案を抱え、首相官邸に向かったのでした。

◇同月十四日　午前十一時
天皇陛下が全閣僚に集まるよう直接ご命令を下しました。それは明治憲法が制定されて以来初めてのことでした。地下会議室に閣僚たちが集まりました。

会議の目的は、完成した終戦の詔書案を可決することでした。

閣僚たちの意見が飛び交い、大臣たちの意見で変更された箇所がいくつかありました。

そのなかで安岡があれほど迫水に訴えていた〝義命の存する所〟が、〝時運の趨《おもむ》く所〟に置き換えられていたのでした。

いつの間にか、誰かがそこに手を加えていたのでした。

◇同日　午後十一時
こうしてできた終結の詔書を木戸内大臣が天皇陛下のもとにお運びしました。

「陛下、どうかこの詔書にて国民に終戦を呼びかけていただくようお願い申し上げます」

天皇陛下は書き上がった詔書に視線を落としました。

「木戸よ、ひとつ確認したい」

「はい……」

「〝時運の趨く所　堪へ難きを堪へ　忍ひ難きを忍ひ　以て萬世の為に太平を開かむと欲す〟という一文である」

内大臣は天皇の次の言葉を待ちました。

「西洋列強がアジア諸国を次々と植民地化していくなか、大東亜戦争はアジア解放のため、止むを得ない戦い、人種差別のない新たな世界を目指した戦いではなかったか。しかるに、時運とすれば、そこに大義はなく、目指すべき理想とも無縁となる」

「しかし、アジア解放のため止むなく開戦に至った経緯は示されています」

「それならば、時運ではなく義命とすればよい」

「しかし、日本に義命があるなど、戦勝国は認めないでしょう。それを認めれば、自分たちの正義が成り立ちません。義命のふた文字で戦争終結への道が閉ざされては、国民の不幸が続きます。どうかご理解を……」

「罪なき子供たちまでナパーム弾で、あるいは原子爆弾で、無差別に殺傷するは正義か？」

「それも、この時代では戦勝国の正義となるのではないでしょうか……」

「正義とは時代で変わるものではない。時代によって変わるなら、それは真ではない」

「恐れながら、これ以上この戦争を長引かせては犠牲者が増えるばかりです」

「そのことが私にとって最もつらい……。民の一人ひとりが私にとってかけがえのない子供たち。皇祖皇宗から受け継いだ何よりの宝。それだけに、民にこれ以上犠牲を強いることも、またできない……」

木戸内大臣の目に涙が溢れ、もう何も言うことができませんでした。

天皇がつぶやきました。

「せめて未来の日本が、世界平和に貢献できる一流国家として復活すること。そこに希望を繋げたい。この詔書がそのための最初の一歩となることを願う。今はただそれだけ……」

――安岡の回想――

◇昭和五十年

安岡は、最近の日本の情勢を嘆きながら、昭和二十年八月のことを思い出していました。

「近頃の政治には理想がなく、筋道がなく、まったく行き当たりばったりの様相だ。それというのも、あの時、誰かが終戦の詔書案にあった〝義命〟を〝時運〟に書き換えたことから始まった。時運には理想も筋道もなく、目先の損得勘定しかないということだ。

私は戦争終結の詔書は、新日本建設の礎とすべきと考えていた。しかるに、時運となったことで日本は終戦の意義を失った。多大な犠牲者を出しながら……。〝義命〟を〝時運〟に置き換えた者は、その責任を強く感じなくてはならない。

なんといっても、あの詔書をマイクの前で読まざるを得なかった陛下のお気持ちは、いかばかりであったか。それを思うたびに、私の胸は張り裂けそうになる。

〝時運の趨く所　堪へ難きを堪へ　忍ひ難きを忍ひ　以て萬世の為に太平を開かむと欲す〟

これを起案した者が安岡であると後世語られるならば、それは悲しくつらい。一体誰が

〝義命〟を〝時運〟に書き換えたのか……」

マジックビジョンに数本の走査線が現れ始め、走査線が増えるにしたがい画面は薄れ、昭和の映像は消えていきました。

——・・——・・——・・——・・——・・——・・——・・——・・——・・——・・——


たけるとあすかが、いつものようにリビングで話し始めました。

「そっか……わたし、終戦の詔書ってそのまま読んでいたな。時運の意味なんて、これっぽっちも考えていなかった……」

「ぼくも。でも確かに、〝義命の存する所　堪へ難きを堪へ　忍ひ難きを忍ひ　以て萬世の為に太平を開かむと欲す〟とすれば、すっごく輝いた文章になる！」

お父さんが二人に語りかけました。

「安岡先生は、義命が時運に差し替えられ、その影響で戦後の日本が理念の薄い国になったことを嘆いていたね」

「言葉って本当に大事なんだ」

「わたしたち、ひとつひとつ言葉をよーく考えて使わないとね」

「パパは思うんだけど……昭和天皇は戦争が終わって、ご自身が一番難しいお立場にありながら、一人静かに日本を守るため戦っていた。そんな気がするんだ」

「そう言えばこの前、わたしたち、マジックビジョンでマッカーサー元帥が、厚木飛行場に降り立ったところまでは見たんだよね。その頃の時代ってどうだったんだろう？」

「ぼくたちの知らない歴史がいっぱいあるよ、きっと！」

「うん！　じゃあ、その時代の続きを見よう！」

たけるとあすかは目配せし、マジック消しゴムを手にして大きく円を描きました。

「マジックビジョン！　昭和天皇とマッカーサーの時代！」

たけるとあすかの目の前に、アメリカの映像が流れてきました。


――・・――・・――・・――・・――・・――・・――・・――・・――・・――・・――

【ホワイトハウスの虹】

ダグラス・マッカーサーは一八八〇年、アーカンソー州に生まれました。

少年マッカーサーは、お母さんから、いつもこんなことを言われて育ったのでした。

「お前にはスコットランド貴族の血が流れている。でも、それだけじゃないよ。お前ほど神様に祝福された子はいない。だから神様はお前に特別な才能と運を与えて下さっているよ」

そんな母の愛を一身に受けたマッカーサー少年は、いつも人々から求められる存在であることに、自信と確信を持ち、成長していきました。

お父さんはエリートの陸軍軍人でした。マッカーサーも迷うことなく軍人の道を選び、すぐに頭角をあらわし、陸軍のあらゆる最年少記録を更新していきました。

マッカーサーは、どれだけ危険な戦場でも、自ら最前線に立って部下を鼓舞しました。とりわけ第一次世界大戦では、レインボー師団の参謀長としてヨーロッパの最前線で大活躍したのでした。この時代マッカーサーは、アメリカ国民の誰もが知っているスーパースターでした。勇猛果敢な参謀長を間近に見た部下たちは、誰もがマッカーサーを軍神のように仰ぎ見て、尊敬の念を抱いていたのでした。ただ一人の男を除けば。

マッカーサーの部下の一人に、トルーマン中尉という人物がいました。彼はマッカーサーとは真逆のタイプで目立つところがなく、軍人としても平凡でした。だからこそトルーマンは、派手好きで自己演出に長けたマッカーサーを不快に思っていました。そんなマッカーサーから命令を受けるたびに思ったことがありました。

「私はミズリー州の貧しい農家の生まれで、なんの伝手もない。そんな私は、何でも必死でやるしかなかった。その日その日を生きるために。そしてやっと陸軍中尉まで昇進した。さあこれからという時、あの派手好きのマッカーサーが私のボスになった。奴はエリート軍人の家庭に生まれ、なんの苦労もなく順調に出世し、今は参謀長だ。アメリカ全土で奴を知らない者はいない。そのうち、大統領になるかもしれない……。くそっ！　そんな不公平があるか……」

トルーマンは決意しました。

「私は負けない。奴より先に大統領になればいい。そうすれば、軍隊のトップでも、その時は私がボスだ……」

トルーマンは軍隊を退役したあと、政界に進出したのでした。

故郷ミズリー州から立候補して上院議員となり、一九四五年一月、ルーズベルトに見込まれ、第三十四代副大統領となったのでした。トルーマンはその日、一人で宴を開きました。

「ついに副大統領だ。ミズリー州の貧農に生まれたこの私が……今までの苦労が報われた。あと一歩。奴のボスになるまであと一歩だ……」

◇一九四五年五月　〈アメリカ　ホワイトハウス〉

コディー・フォスターは、トルーマン大統領の要請を受け、ホワイトハウスにいました。秘書官から呼び出しを待つ間、フォスターは昨日までのことを思い出していました。

「私は、日米開戦まではカナダ公使館の職員として東京で勤務していた。しかし、それは表の顔だ。裏の顔は、モスクワの密命を受けたスパイだった。東京では陸軍の要人たちと接触を重ね、多くの機密情報を引き出したものだ。とりわけ片山中佐の協力は大きい」

フォスターは、用意されたコーヒーをひとつ、口にしてみました。

「今も片山は大本営内部で様々な情報操作をやっている。その偽情報が効いて、日本はソ連に停戦の仲介役を期待している。しかし、ソ連にそんな意志はない。日本が降伏する前に、ソ連が満州、択捉《えとろふ》、北方諸島に侵攻すれば戦勝国になれる。だからこそ、日本の意思決定を先延ばしにすることが、何よりも重要だ……。ルーズベルトが急死し、トルーマンが大統領に昇格した。そのトルーマンが日本の事情に詳しい私に会いたいという。もちろん私の返事はイエスだ。これはチャンスだ。トルーマンを取り込めば、私は連合国最高司令官総司令部（General Head Quarters　ＧＨＱ）の一員として、戦後の日本に堂々と入り込めるだろう」

ホワイトハウスの正面には、刈り込まれた芝生が広がっていました。そして、芝生の中央の噴水から噴き上がる水柱は風に揺れ、空に広がった水滴は光に様々な屈折《プリズム》を与え、虹を作っていました。

「ルーズベルトは、理想や理念というものをおよそ持ち合わせていなかった。一日でも長く大統領の椅子にしがみつくことが目的だった。実際、彼は現職大統領のまま死んだ。ルーズベルトは、そんな野望に役立つと見れば、共産主義者であろうがなかろうが、誰でも利用した。それがモスクワにとって幸運だった。我々はホワイトハウスに次々と仲間を送り込めたのだから。とりわけシャガーリン・ヒーズは、優秀なスパイだった。もちろん、彼はスターリンの意向をよく理解していた。ヤルタ会談で、ルーズベルトがスターリンの要求をすべて受け入れた裏には、ヒーズの働きがあったからだ。ソ連はアメリカを利用して、ヨーロッパとアジアに進出する。我々自身が生き残るため」

フォスターが遠くを見ると、ワシントンモニュメントが蒼い空に向かって、真っ直ぐにそびえていました。

「トルーマン。彼は実力で大統領になったわけでなく、ルーズベルトの病死で昇格したに過ぎない。それだけに、偉大な大統領に見られたいという気持ちは強いはずだ。ルーズベルトのトルーマン評を考えても、それは容易に想像がつく」

フォスターは、ルーズベルトと初めて会った時のことを思い出していました。

「私は半年ほど前、ルーズベルトと会って直接話をした。ルーズベルトの側近、ヒーズの仲介で。ヒーズは政権中枢に深くくい込みながらも、決して表舞台には出てこなかった。ヒーズはどんな仕事も証拠を残さず完璧にこなす。敵に回せば一番厄介な男に違いない」

――・・――・・――・・――・・――・・――・・――・・――・・――・・――・・――

「ルーズベルト大統領。あなたはなぜ、トルーマンを副大統領に指名したのでしょう？彼には指導者としての素質があるように思えませんが」

その時、すでにルーズベルトの顔色は悪かった。体調がすぐれないことは、誰の目から見ても明らかだった。それでも私は、体調を気遣いながらも聞いてみた。

「確かに、トルーマン以上に見識もあれば能力の高い人物はいる。しかし、そんな奴ほど私にとっては危険だ。油断すれば、大統領の椅子を奪われる。その意味で一番の危険人物は……ダグラス・マッカーサーだ」

その瞬間、ルーズベルトの言葉に力が戻っていた。

「あのマッカーサーですか。フィリピン最高司令官の……」

「そうだ。奴は私の政策にことごとく吠えまくる質《たち》の悪い犬だ。どうにもならないガチガチの反共主義者でアジアかぶれ。しかも、自分を神とでも思っている、とんでもない自惚れ屋だ！」

感情の高まりのあまり、彼の指に挟まれた葉巻は真っ二つに割れた。

「そうでしたか……。しかし、マッカーサーを最高軍事顧問としてフィリピンに送ったのは、大統領ご自身ではないですか」

「しかし、それには理由があった」

「理由?」

「その頃、奴は五十五歳という若さで軍最高位である陸軍大将・参謀総長に昇り詰めていた。もうそれ以上はない」

「確かに、おっしゃる通りです」

「しかも、任期満了は間近だった。そこで、あの自惚れ屋がそれ以上の地位を望むとすれば何を考える?」

「それ以上を求めるなら……大統領職しかありません。ただ、軍人が大統領選に立候補することは法律で禁じられています」

「マッカーサーでも軍人である限り大統領選には出馬できない。だからこそ、私は恐れていた。奴が軍を退役したあとに出馬することを」

「なるほど。マッカーサーは、退役すれば大統領選に立候補する自由を得る……」

「それを阻止するためにはどうするか……。同時に私は、奴をワシントンから追い出したかった。私はそのことで、いつも悩んでいた」

「それは難しい問題です」

「しかし、その時……」

「その時?」

私は答えを知らないふりをして大統領に問い返した。

「フィリピンのケソン大統領が、マッカーサーを総司令官として迎えたいと申し出てきた」

「それで閣下はどうなさったのでしょう?」

「渡りに船とはこのことだ」

ルーズベルトはその時を思い出して表情を緩めた。

「閣下はケソン大統領の要請を利用した?」

「当然だ。一国の総司令官という肩書は奴のプライドを満たすには十分だ。私は陸軍大将・参謀総長という最高の肩書を持たせ、狂犬をマニラに送り出した」

「きっとマッカーサーは喜び勇んでマニラに向かったことでしょう」

「もちろんだ。しかし、奴のプライドを満たすだけでは面白くない。私はアメリカ大統領だ」

「といいますと？」

「マッカーサーがアメリカを発った直後、後任の参謀総長を任命した。それは、大統領としての当然の責務だ」

「ということは、マッカーサーがマニラに到着した時の肩書は……」

「二階級低い少将さ」

ルーズベルトは無残に折れた葉巻を灰皿に捨てた。

「マッカーサーにとって、それは屈辱以外の何物でもなかったでしょう」

「奴をワシントンから放逐し、大統領選の芽も摘めた。さらに奴のプライドを傷つけることにも成功した」

ルーズベルトは、快心の笑みを浮かべ、さらに続けた。

「もしマッカーサーが大統領になれば、ヒーズのような共産主義者を追い出すだろう」

「その点、トルーマンは？」

ルーズベルトは、私の隣にいたヒーズに視線を送りながら言った。

「トルーマンにはこれといった信条もないのだから、大統領になったところでヒーズに実害はない」

「能力や資質などないことは分かっている。ただ地位を求めるだけの男。だからこそボスには絶対服従だ。何を命じようともな。私が彼を副大統領に指名した理由は、それだけだ」

「それがトルーマンという男ですか……」


それで話は終わった、と思った。

目の前のテーブルの銀皿にオレンジが盛られていた。それは、秘書官がルーズベルトの健康を気遣い、いつも置いていたものだろう。

ルーズベルトはオレンジに手をつけず、ただそれを見ながら語り始めた。

「オレンジか……貴殿はオレンジ計画を知っているだろうか？」

ヒーズならそれを知っているかもしれない。私は彼に視線を送った。しかし、ヒーズは首を左右に小さく振っただけだった。

「オレンジ計画？　いえ、知りません」

私たちにとって、それは初耳だった。

「オレンジ計画は、アメリカのトップシークレットなのだから、日本の専門家と言えども知らないはずだな……」

「オレンジ計画、一体それは？」

「それは……」

ルーズベルトは一瞬、躊躇した。

「アメリカの対日戦争計画のコード名だ」

「日本との戦争計画？　それはいつ頃からあったのですか？」

「アメリカが第一次世界大戦に参戦した後から軍部内で密かに研究され、現在に至っている」

「だとすれば、今から二十五年も前。その頃からアメリカは日本との戦争を計画していたのですか？　しかも、当時の戦勝国同士であった日本と」

「そうだ」

「その頃は、秩序の回復が世界的な課題だったはず……」

「確かに、秩序の回復は重要だった。そのため国際連盟も創設された。しかし、それは建前だ。国際連盟は、イギリスとフランスの国益を確保し、強化するための国際機関だった」

「真っ先に国際平和機構を提唱したアメリカが、国際連盟に最後まで加盟しませんでした。

それは、イギリスとフランスが築いたベルサイユ体制に組み込まれることを警戒したからですか?」

「そういうことだ」

ルーズベルトの息は幾分荒くなっていた。

「さらに、我々の国益を脅かす新興国がアジアから出現した」

「それが日本ですね」

「その頃のアメリカの脅威は、イギリス、フランス、そして日本だった」

「ならば、イギリスとフランスの戦争計画も研究していたのでしょうか?」

「もちろんだ。対イギリス戦争はレッド計画、対フランス戦争はゴールド計画と呼んでいた。それだけではない。ドイツ、イタリアとの戦争計画もあった」

私は驚きを隠すことができなかった。いつも冷静なあのヒーズも、ブルーとブラウンが混じる瞳から驚きが滲み出ていた。

「いずれにもカラーコードが与えられた戦争計画だった。我々はそれらをレインボー計画と総称した」

「レインボー……」

なんということだ。他国との戦争計画を、自然界の最も美しい現象に重ねるとは……。

その時、私は思い出した。

「マッカーサーが第一次世界大戦のヨーロッパ戦線で活躍した時の所属部隊。それは確かレインボー師団でした。これは偶然でしょうか？」

ルーズベルトは一瞬、間をもたせ、口元に微かな笑《え》みを浮かべて言った。

「そんな偶然があると思うか？　ただ、当の本人はヒーロー気取りだったがな」

マッカーサーでさえも、国家権力の掌《てのひら》で踊らされていた……。

ルーズベルトは立ち上がり、銀皿に盛られていたオレンジをひとつ手に取って、それを見つめていた。

「もし、アメリカがアジア太平洋で国益を拡大しようとすれば、どこが障害となる？」

「それは、もちろん日本でしょう」

「そう、日本だ。極東の小国だった日本が、明治以降、わずかな期間で欧米列強と肩を並べるほどの大国になった」

「日本人の底力というのは、恐るべきものです……」

「しかし、日本人など所詮、有色人種のひとつだ。我々白人と比べれば、知性も宗教もあらゆる点で劣っているではないか。日本人とは本来、我々白人に支配されるべき民族なのだ。そんなアジアの小国がアメリカの前に立ちはだかるなど、我々の神が許さない！」

ルーズベルトは、手の中のオレンジを一気に握りつぶした。彼はやはり人種差別思想の持ち主だった。

「だとすればアメリカは、日本との戦争を初めから望んでいた？」

「望んでいた？　いいや。アメリカは神に祝福された正義の国。アメリカから戦争を始めれば、我々の神と正義が疑われるではないか」

「しかし、あのハル・ノートを突き付けて日本を戦争に追い込んだ……」

「アメリカと日本の戦争は、歴史の必然だった。我々はただ、歴史の必然に従ったに過ぎない」

「ならばソ連は？　アメリカはソ連との戦争も想定していたのですか？」

ソ連のスパイである私たちにとって、その情報は何より重要だ。

「ロシア革命を経て建国されたばかりのソ連は、アメリカの脅威ではなかった。ただ、利用価値はあった」

「それは、どういうことでしょう？」

「イギリスとフランスが構築したベルサイユ体制のため、アメリカの国益は損なわれていた」

「ならばアメリカは、レッド計画とゴールド計画を発動しようとした？」

「いや、それよりも賢明な選択肢があった」

「賢明な選択肢？　それはどのようなものだったのでしょうか？」

「イギリスとフランスを疲弊させればいい。そうすればベルサイユ体制は崩壊する。そのためにヨーロッパを舞台とする戦争が再び必要だった」

「第二次世界大戦は、アメリカの意志によって始まった……」

「そこでソ連だ。ソ連は自らの生き残りのために、ヨーロッパに勢力を拡大する必要があった」

「おっしゃる通りです。しかし、当時のソ連の産業レベルは低く、軍事力も不足していました。ヨーロッパに侵攻するほどの国力はなかったはずです……」

「そこでだ……アメリカは、ソ連に大量の軍事支援を行った。密かにな」

「そうだったのですか……ヨーロッパで再び戦争を起こすため……」

「そして、ソ連は大戦の導火線となった」

「導火線……なるほど。しかし、導火線だけで戦争は始まりません……」

「確かに導火線だけではな……。だがそこにヒットラーが登場した。いや、当時のドイツがヒットラーを求めたと言っていい」

「ならばヒットラーも、歴史の必然なのでしょうか？」

「分からない。何者かの意志による必然なのか、偶然に現れた歴史の徒花《あだばな》か……」

「いずれにしてもアメリカは、そのヒットラーも利用した？」

「当時のドイツはイギリス・フランスから果てしない戦後賠償を要求され、困窮を極めていた。そこに、東方からソ連の軍事的脅威が高まったとしたら、どうなる？」

「ドイツ国内には不満と不安、そして恐怖が充満したことでしょう」

「ソ連の軍事力を増強させ、ドイツの不安と恐怖を煽る。そうすればヒットラーが導火線に火をつける。それがアメリカの賢明な選択、というわけだ」

「そういうことですか……。実際、ドイツは不安と恐怖に耐え切れず、ポーランドに侵攻しました」

「そう、ドイツは見事に導火線に火をつけてくれた。ドイツに脅威を感じたイギリスとフランスは、ドイツに宣戦布告した。そこからヨーロッパの大戦が再び始まった……」

「アメリカはアジア太平洋の権益のため、日本を開戦に追い込み、ヨーロッパではベルサイユ体制を崩壊させるため、ソ連とヒットラーを利用した……」

「少ししゃべり過ぎたようだ……」

側にいたはずのヒーズがその時、姿を消していた。


――・・・――・・・――・・・――・・・――・・・――・・・――


私は、視線をワシントンモニュメントから、一気に手元のコーヒーカップに移し、冷めきったコーヒーを飲み干した。不快な苦味だけが舌の上に残っていた。

その時のルーズベルトの予言が、今現実となった。ルーズベルの見立て通りなら、トルーマンを操ることは容易だ。日本に乗り込んだなら、国民の不満を天皇に向ける。そして、大衆の生活を保障できるのはソ連だけという情報操作を徹底する。そうすれば、日本人は自らの手で日本を破壊するだろう。

その時、ノックする音が聞こえた。ゲストルームに入ってきたのは大統領秘書官だった。

「ミスターフォスター。お待たせしました。オーバルルーム（大統領執務室）にご案内します」

私は秘書官に導かれるままトルーマンが待つ楕円形の部屋に移動した。


〈オーバルルーム〉


「トルーマン大統領。今日はお呼びいただきありがとうございます。私がコディー・フォスターです。東京のカナダ公使館に勤務しています」

「ミスターフォスター、ホワイトハウスにまでご足労をいただき感謝する」

大統領は私に握手を求め、私はそれに応えた。

「いいえ。アメリカ大統領からお声がかかるとは名誉なことです。私の方こそ感謝いたします」

「実は、ルーズベルト大統領が亡くなる直前、日本について相談するなら、ミスターフォスターを頼るようにとのアドバイスをもらっていた」

「なるほど、そうでしたか……。早速ですが、ご相談とは？」

「私が大統領に昇格したあと、様々な情報を整理していたのだが、……原爆の実戦投入が可能であることを知った」

「原爆ですか……」

アメリカは原爆の実戦使用が可能な段階に達していた……。これからの時代は核を保有する国が世界を制する。これは重要な情報だ。

「今年の三月、東京に大量のナパーム弾を投下し、さらに沖縄も占領した。もう原爆を使わなくとも日本は降伏するという意見がある。その一方で、原爆はこの戦争で試すべきだとの意見もある。果たして原爆を使うべきか否か……、日本人をよく知る貴殿の意見を聞かせてほしい」

「なるほど、そういうご相談ですか……」

ドイツが降伏した今、ソ連は戦力をヨーロッパから極東に移動している。それは一日も早く対日参戦を果たし、戦勝国の立場を確保するためだ。戦勝国になれば、戦後の日本支配にソ連が食い込める。その時は、北海道までソ連の領土にできるかもしれない。そんなソ連に、日本は終戦の仲介を期待しているのだから……日本の指導者たちは甘い。

私はトルーマン大統領の目を真っ直ぐに見て、静かに語り始めた。

「大統領、結論から申し上げます。天皇が支配する日本だからこそ、原爆投下が必要です」

「その理由は?」

「我々欧米人には想像もつかない、天皇に対する忠誠心が日本人にはあるからです。天皇の命令ひとつで、すべての日本人はカミカゼとなります。国土のすべてを戦場にしてでもアメリカとの戦いを止めないでしょう」

「日本人全員がカミカゼになる？　クレイジーだ」

「その時のことを想像して下さい。アメリカが最後に勝利するとしても、相当の犠牲を覚悟しなくてはいけません」

「これ以上犠牲者を増やさないため、原爆で戦争を早期に終結させるということか……」

トルーマンはしばらく考えていた。私はそんな大統領の様子を静かに見つめていた。

「しかし、原爆の実戦投入はもちろん過去にない。それを行ったとすれば、私は原爆投下を命じた初めての国家指導者となる。それは人類史の汚点となるのではないか？」

「いいえ、そうではありません。むしろ戦争を早期に終結させたヒーローとしての栄誉が約束されます。あなたはアメリカ大統領ではないですか！　アメリカ大統領は、世界の最高権力者でもあるのです！　原爆投下を命じることができる唯一の人物は、トルーマン大統領、あなたしかいない」

「うむ……まあ、それは確かだ」

「ためらう理由はありません。日本各地に原爆を落とし、すべての日本人にこの上なき恐怖を与えればいい。日本人のカミカゼ精神を徹底的に叩きのめす。そうすれば、日本は本土決戦など考えない。さらに……」

私は続けた。

「ソ連は日ソ中立条約を破り、対日参戦を狙っている。それが問題です」

「ソ連を利用して日本を敗戦に追い込めば、アメリカの犠牲は少なくて済む。それがルーズベルトとスターリンの間で交わされたヤルタの密約ではないか」

「問題が生じるのは、日本が降伏したあとです」

「降伏したあと？」

「ソ連が戦勝国となれば、日本領土の割譲を要求するか、あるいは、日本をまるごとソ連の衛星国にするかもしれません。ソ連の進出を許せば、それだけアメリカの権益が損なわれます」

「う〜む、それは確かに問題だ」

「だからこそ、アメリカはいつでも原爆を落とすことができる。その意志と能力をソ連に見せつけるのです」

「なるほど。戦後世界でソ連を牽制するためにも原爆の実戦投入は必要ということか……」

「ソ連が参戦を果たす前に、日本を無条件降伏に追い込むのです。原爆投下をためらう必要はありません」

「貴殿の話は大変参考になった。感謝する、ミスターフォスター」

「お役に立てば何よりです」

私はオーバルルームを出て、緑広がる庭に出た。見上げれば澄み切った青。そして、噴水の水しぶきは七色のアーチを作っていた。

虹……。アメリカは外国との戦争を想定し準備をしていた。それがレインボー計画。そんなアメリカの意志で、第二次世界大戦は始まった。イギリスとフランスは、ドイツ・イタリアとの戦いで疲弊しベルサイユ体制は崩壊した。そして、ドイツと日本は敗戦に追い込まれた。この大戦の勝者は、アメリカだった。アメリカが第二次世界大戦の歴史を作っていた。そのアメリカを相手にソ連が新たな歴史を作る……。

私は水しぶきを感じながら、噴水の脇を通り過ぎていった。

これでトルーマンは私を信頼し、日本への原爆投下も躊躇しないだろう。しかし、ソ連が参戦する前に日本が降伏すれば、我々は戦勝国の権利を失う。それだけにソ連が和平交渉を引き受けるという偽情報を信じ込ませ、終戦の意思決定を遅らせることが重要だ。片山にはもっと働いてもらわねば。

【戦後序章】

◇一九四五年八月十三日〈ホワイトハウス〉

トルーマンは迷っていました。

「日本は今日にでも無条件降伏を受け入れるだろう。だとすれば、これからの問題は、日本の最高責任者を誰にするかだ。そして、もうひとつの問題はマッカーサーの処遇。奴は、相変わらずヒーロー気取りだ。派手好きで自分を神とでも思っている、あの自惚れ屋をどう扱うか……」

トルーマン大統領は、オーバルルームのなかを何回も行ったり来たりして、答えを見つけようとしていました。

「昔は奴がボスだった。が、今は私が奴のボスだ。その気になればマッカーサーに引導を渡すことはできる。しかし、それを行えば奴は反発し、世論も敵に回す。それは賢明ではない。ならば、私は大統領として寛容な態度を示すことしかない」

トルーマンの動きは止まりませんでした。

「とはいえ、あの金ピカ帽のマッカーサーに高い地位を与えるなど……」

トルーマンは拳を机に打ち付けました。

「ルーズベルトは、なぜマッカーサーをコレヒドールで見殺しにしなかった！」

トルーマンはひとつ、ため息をつきました。

「止むを得まい。マッカーサーを日本の連合国最高司令官に任命する。奴は満足するだろう。ただし、私の意向に従わない時は解任する。その権利は私の手の内にある……」

トルーマンが秘書官に言いました。

「マッカーサー元帥を呼んでくれ」

「はい！　大統領閣下！」

秘書官は、マッカーサーが控える部屋に行きました。

「元帥閣下、お待たせしました。どうぞこちらへ」

秘書官が恐縮した様子で言いました。相手はあのマッカーサーなのです。

マッカーサーは無表情なまま、それに応じました。かつて部下だったトルーマンとの立場が逆転した現実が不本意なのでした。

マッカーサーがオーバルルームに入ってきました。それを見たトルーマンが親しげな態度でマッカーサーに話しかけました。

「アメリカの勝利は目前です。これもマッカーサー元帥の活躍があってのこと。アメリカの全国民があなたを尊敬しています」

「私の働きなど微々たるもの。すべては大統領の指導力のたまものです」

『大統領といってもトルーマン、お前ではない。敢えていうならルーズベルトのことだ』

「ところで、これからのアメリカにとって、日本の占領政策は一番重要な問題です」

「おっしゃる通り、確かにそれは重要です」

『トルーマンは私に引導を渡すつもりで呼んだのかと思ったが……。ならば、これからの占領政策を話題にするはずはない。だとすれば……』

「その最も重要な任務を誰に任せるべきか、私は考えました。戦後のアメリカにとって最も重要な問題です」

「私も大統領と全く同じ考えです」

「そこで、私は何人かの候補者を思い浮かべました。一体、誰がその重要な任務を果たし得るだろうかと……」

マッカーサーはトルーマンの大袈裟なくらいのジェスチャーを交えて話す様子を見てい

ました。

「そして、マッカーサー元帥。やはり閣下以外にない！　それが結論です。私は、貴官を日本の連合国最高司令官に任命します！」

マッカーサーの声が、感情に追いつくまで、しばらく間がありました。

「それは……私にとって何よりの名誉です！」

流木で堰き止められていた川の流れが解き放たれたように、マッカーサーは弾けるほどの勢いで返事をしました。

「多くの困難があるでしょう。しかしそれらを乗り越えることができる人物は、マッカーサー元帥、あなたしかいない！」

「私は大統領と国民の負託に必ず応えます。アメリカによる新世界構築のため、全力で取り組みます」

マッカーサーはその喜びを噛みしめながら思いました。

『レインボー師団の頃、トルーマンは目立つ男でもなく、とりわけ才能があったわけでもなかった。だが今は私のボスだ。それは面白くないが仕方ない。だが、私は神のごとく、これからの二年間で日本の非軍事化と民主化を進める。そんな歴史的偉業ができる人物は、私以外にいない。それを国民に訴えれば、一九四八年の大統領選は私が勝つ。歴史家がトルーマンの功績を見出すとすれば、私を連合国最高司令官に任命したことだろう』

マッカーサーは確信していました。

『私は正義と寛容と公正を以て日本を統治する。私が心から従うとすれば、神と良心だけ。決してトルーマンなどではない』

マッカーサーは、最高司令官というこれ以上ない権力を得ることで、復讐が果たせると考えていました。

『私の輝かしい軍歴にひとつだけ汚点がある。それはミサキ・シンジ陸軍中将のせいだった。ミサキを確保し、戦争犯罪人として極刑に処する。私が最高司令官になれば、それは可能だ。フィリピンで受けた屈辱を必ず晴らす』

トルーマンがマッカーサーに尋ねました。

「マッカーサー元帥。貴官が日本に赴任するに当たり、何か希望はありませんか?」

「そうですね。それなら日本人をよく知る専門家を迎えたい」

「日本人を知る専門家……それならちょうどいい人物がいる」

トルーマンが目配せした時、フォスターが奥の部屋からゆっくりと現れました。

――・・――・・――・・――・・――・・――・・――・・――・・――

◇昭和二十年九月十一日午後四時過ぎ〈東京　世田谷〉

一発の銃声が住宅街に響き渡りました。

――・・――・・――・・――・・――・・――・・――・・――・・――

アメリカ軍の憲兵が、東條英機を逮捕するため世田谷の自宅に乗り込んでいました。

東條はその日を予期していました。

「ついにこの日が来たか……」

東條が憲兵たちに言いました。

「ごくろうである。それでは支度をしてくるのでしばらく玄関先で待たれよ」

そう言った東條は、奥の部屋に入っていきました。

「大東亜戦争は、日本とアジア諸国のための正義の戦いであった。しかし日本が敗れた今、アメリカは私を戦犯として逮捕するであろうことは分かっていた。だが、生きて虜囚《りょしゅう》の辱めを受けるくらいならば、私は自決の道を選ぶ」

パーン！

乾いた銃声が轟きました。

東條は、ピストルで自分の心臓を打ち抜いたのでした。東條の倒れ込んだ側に遺言状がありました。

マッカーサー閣下には、我が死を以て戦争責任の完了と理解されたし。まして天皇陛下に開戦の責任追及をすることのなきよう願う。我が身は死しても護国の鬼となる！

天皇陛下、万歳！

東條の意識は、次第に遠くなっていきました。意識が闇に解け込む間際、声が聞こえてきました。

「東條」

「そのお声は、もしかして……」

「東條よ」

「陛下、天皇陛下ではありませんか！」

「……昭和十六年　アメリカとの開戦を回避するため　敢えて陸軍大臣であったお前を総理大臣としたのは　天皇である私であった　それゆえ　日本の最終責任者は　お前ではなく　この私である」

「陛下……そうではありません。開戦を決定したのは私の内閣でした。陛下が開戦を回避したいとのお気持ち、私は痛いほど感じておりました。しかし、それは果たせなかった。開戦の責任は私にあります。決して陛下の責任ではありません」

「東條のその気持ち　ありがたく思う……」

「陛下からそのようなお言葉をいただけるとは……」

「東條は分かっておろう。〝一死を以て万民を救う〟という皇室の精神を」

「そばに仕えている者ほど、陛下のお心を感じます。それは日本に生まれた者にとって何より幸《さち》です」

「民こそがこの国の御宝《みたから》。しかるに　この大戦で多くの民が犠牲となった。それは　最もつらく悲しきことであった。私の徳が　足りなかった。私の祈りが　届かなかった」

「陛下はいつも、無私のお心で民の幸を祈っておられました。いかなる時も、いかなる人にも、誠意を尽くしておられました」

「それでも　私自身が　この大戦の責任を　取らねばならぬ。被告席に立てというならそこに立つ。退位せよというなら　それも甘んじて受けよう。民が救われるならば我が死も厭わぬ」

「どうかそんなお考えは改めて下さい。天皇なき世は日本ではありません。どうか国民のため、日本のため、陛下はご無事でいて下さい！」

「ならば東條よ　生きるとは　なんであろう？」

「生きるとは？……分かりません。自害を選んだ私に答える資格はありません」

「死を以て責任を取る　それもあろう。しかし　死よりも険しき道がある。生きて　生きて　生き抜いて　最後まで与えられた使命を　全うする。これも道ではないか」

「……はい」

「多くの民を失った今　この焦土から日本が再び立ち上がり　我が国を復興させるための責任は私にないのか。そんなことも　考えた」

「……はい」

「私は生きている限り　様々な非難を受けよう。皇后　皇太子　他の皇族たちにもつらい思いをさせるだろう。しかし　私が民の支えになるとすれば　最後の瞬間まで　天皇としての使命を全うする。それも道ではないか」

「おっしゃる通りです。……死よりもつらい、生きる道があります。それに引き替え私は、私は、己の名誉のため自決を選びました……」

「己が考え抜き選んだ道ならば　そこに過ちも正しきもない」

「このまま私が死んでいけば、大東亜戦争の歴史は勝者の言い分が正史となる……」

「私は　また思う。皇室を　私の時代で　途絶えさせることは　できないと。どのような形であれ　皇室を残す。これもまた　私の使命ではないか……」

「陛下の御心に比べれば、私はなんと愚かであったことか。私は自決してはいけなかった。逮捕されようが、処刑されようが、最後の時まで生き、日本の未来のため、せめてひとかけらの礎石となるべきでした……」

「私は　最後の瞬間まで　国民のため　天皇として　祈り続ける。日本が　時運に流されず　やがて　義命に生きる国家となり　その精神があまねく　世界に行き渡る　未来を信じ……」

「私は、私は戻らなければ……ピストル自殺という愚かな選択をしたが、私は戻る！　その先にどんな現実が待ち受けていようとも！　陛下の大御心を知ったからには……」

東條は、ただ慟哭したのでした。

――・・――・・――・・――・・――・・――・・――・・――・・――・・――・・――・・――

「トウジョウ！　戻ってこい！　お前を死なせるわけにはいかない。お前は東京裁判の被告席に立たねばならない。これはホワイトハウスの意志だ！」

東條の意識が戻ってきました。白いドーム状の天蓋が見え、何人もの軍人と医師が顔を覗かせていました。

「ここは……病院？　自決してどれほど時間が経ったのか。そうか、私は死に損なった。私は自ら死んではならない。私は生きて、生きて、生き抜いて、被告席で、敗者の真理を歴史に刻む。それが私の残された使命に違いない！」

――・・――・・――・・――・・――・・――・・――・・――・・――

トルーマンが奥の部屋に目配せした時、フォスターがそこからゆっくりと現れました。

「マッカーサー元帥。貴官が求める日本人の専門家というなら、彼以上の人材はいない。紹介しましょう。コディ・フォスターを」

「初めまして、マッカーサー閣下。お目にかかれて光栄です」

マッカーサーは、値踏みをするようにフォスターを見つめていました。

「ミスターフォスター。私が日本に赴任するとなれば、日本人のことをよく知る人材が必要です。早速ですがあなたの経歴は？」

「私はハーバードで日本人の民族学研究で学位を取り、さらにイギリスで研究を続けました。母国のカナダに戻ってからは、外交官として長く東京で働きました」

「ほう……」

「彼は確かに日本人のことをよく理解している。フォスターは閣下のベストパートナーになることでしょう」

「大統領のご配慮に感謝します。ミスターフォスターが顧問として加われば、私はアメリカの利益に適う占領政策を迅速かつ完全に実施できるでしょう」

◇昭和二十年九月一日〈東京　ＧＨＱ本部〉
マッカーサーの執務室にフォスターが入ってきました。

「やあ、フォスター。君の仕事ぶりには満足しているよ」

マッカーサーは両手を大きく広げ、フォスターを迎え入れたのでした。

「偉大なるマッカーサー元帥。あなたのパートナーとして働けることは最高の名誉です。これからも全力で閣下を支えます」

「それは心強い。さて、今日は最も重要かつ困難な問題を相談したい」

「重要かつ困難な問題？」

「それは天皇の処遇についてだ」

「やはり天皇ですか……」

「貴殿は天皇についてどう考える？」

「天皇については……それほど難しく考える必要はないでしょう」

「その意味を教えてくれないか」

「天皇とは、日本の国家統一を果たした一族の家長です。世界を見れば支配する者と支配される者の戦いが常。それは日本とて同じです。ただその一族を皇室といい、二千年の歴史が現在まで続いている。それだけのことです」

「世界の歴史上、いくつもの王室はあった。その意味で特別ではないということか。しかし、日本の皇室だけは二千年の歴史を持ち、今も存続している。それは特別ではないのか?」

「いいえ。天皇が国家の頂点に立つ権力者であることは、その他の国々と変わりありません。むしろ……」

「むしろ?」

「日本国民にとって、天皇は有害であったとさえ言えます」

「私には、そこのところは、まだ分からないのだが……」

「中世ヨーロッパは暗黒の時代でした。それは、国王を頂点とする一部の権力者が国民から富を搾取したからです。そのあと、産業革命が起こり社会資本は豊かになりました。しかし、国民が搾取されることに変わりはなかった。国王が資本家に取って代わったというだけでした」

「つまり、日本ではいつの時代も天皇が国民を搾取してきたということか？」

「もちろんです。日本では古代から現代に至るまで、天皇は国王のような絶対的な権力者であり、強欲な資本家のごとく富を独占する悪の権化です。ヨーロッパで言えば、ヒットラーのような存在と考えればよいかもしれません」

「興味深い話だ。そうであれば、我々は天皇の処遇をどうすべきだろうか？」

「これもまた簡単なこと。戦争責任を追及し天皇に退位を迫る。いや、それでは不十分。極刑にすればいい。皇室も廃止する。その時、初めて日本は身分格差のない平等な社会に変革できる！」

「身分格差のない平等な社会？　それは共産主義者がよく使う甘言だ……」

『しまった。マッカーサーはトルーマンほど甘くはない……』

「もちろん共産主義などの意味ではありません。日本は天皇一人のため、多くの国民が苦しんでいる。その悲惨な現状を変えるため、民主化を進めるという意味です」

「なるほど。大変参考になった。これからも私を支えてもらいたい」

「お任せ下さい。私にできることなら、なんなりと」

フォスターは最大の敬愛を込めた笑顔で応えました。

フォスターはマッカーサーの執務室を出て、廊下を歩きました。しかしその間、心のなかに暗雲が立ち昇ってきました。

「最後のやり取りでマッカーサーに、共産主義者との疑念を与えなかっただろうか……。終戦直後、私が片山から電話で聞いた〝ミサキ・シンジ〟という男。その男は片山をソ連のスパイと疑っていたという……。もし、そんな情報がマッカーサーに漏れたら私の身も危うくなる。その前にミサキ・シンジの口封じをしなくては。ミサキは今、どこで何をしている？」

マッカーサーは、執務室で一人パイプを咥えながら、落ち着きなく部屋の端から端まで独り言を言いながら歩き回っていました。

「ホワイトハウスは、天皇の戦争責任を追及せよと言っている。しょせん奴らはなんの見通しもない無能な奴らだ。アジアのことも日本のことも分かっていない。だが、私は違う。寛容と正義と公正を旨とする神のごとき指導者なのだ。キーパーソンは天皇だ。フォスターの意見はホワイトハウスの意向に沿っている。しかし、フォスターには受け入れ難い何かを感じる。それが一体何なのか、まだ分からないが……」

マッカーサーは、天皇を利用することを考えていたのです。ただ、天皇がどのような人物か、マッカーサーはそれを知りたいと思っていました。

その時、ウィロビー少将があわてた様子で書類を持って入ってきました。

「元帥閣下。明日の調印式の打ち合わせでお時間をいただきます」

「そういえば、明日は、東京湾に錨泊《びょうはく》している戦艦ミズリー号で日本国政府と降伏調印式を行う予定だったな」

「その時の演説原稿を用意してきました」

「それはご苦労だった」

マッカーサーはその原稿を手にし、視線を落としました。

〝アメリカ国民に告ぐ。今日、大砲は沈黙している。一大悲劇は終わりを告げ、我々は偉大な勝利を収めた。しかし、本当の勝利はこれからだ。我々は過去の虐殺の惨事から教訓を得なくてはならない。そこから自由と寛容と公平が実現される世界を導かなければならない。我々が日本人を救おうとするならば、まず彼らの精神を救わなければならない。

日本国民に告ぐ。私は連合国最高司令官として、日本のすべての人たちに約束する。正義と忍耐を以て、日本に自由と寛容と公平をもたらすことを〟

「うむ。ウィロビー少将、貴官はこの演説をどのように思う?」

「神と良心に導かれた、この上なき高貴な演説であると思います」

マッカーサーは満足げな表情をこぼしていたのでした。

「ところで……閣下にひとつお尋ねしたいことがあります」

ウィロビーがマッカーサーの顔色を窺いながら聞きました。

「遠慮はいらない。言ってみよ」

「閣下はなぜ、調印式の場にミズリー号を選んだのでしょうか?」

「良い質問だ。ミズリー号を選んだ理由……それは大統領がミズリー州出身だからだ」

「なるほど! 確かに大統領はミズリー州から政界に進出した方でした」

「大統領への敬意を表すため、歴史的セレモニーをミズリー号で行うことにした」

「大統領は、閣下のご配慮にきっと感激することでしょう!」

◇九月二日

降伏調印式は、マッカーサーの演説で始まりました。

そこに参加した日本政府の誰もが、マッカーサーの演説に感動を覚えたといいます。

ある外交官がその時のことを記録していました。

〝マッカーサー元帥は屈辱的な刑罰を日本人に課することができるはずだった。しかし、そうではなかった。マッカーサーは平和の人である。光明の人である。その寛大な魂が放つ光は燦然と輝き地球を包み、彼の足跡は世界に明かりを投げかける。これほどの見識をもつ人物が、日本の運命を左右する最高司令官に任命されたことは、我々の幸運である〟

日本代表を務めた重光外相も感銘を受けた一人でした。重光は、天皇陛下にその日のことを報告しに来たのでした。

天皇陛下が重光に確認するようにお尋ねしました。

「マッカーサー閣下はどのような人物と見ればよいか？」

「一言でいえば、軍人というよりも知性と教養に溢れた政治家と言えましょう」

陛下は頷きながら聞いていたのでした。

それから、天皇陛下とマッカーサーの会談が宮中で模索されました。

【天皇 静かなる戦い】

◇九月二十日

奇しくも同じ日、日本国政府は吉田茂を、宮中グループは侍従長の藤田尚徳を、同じ目的でマッカーサーのもとに派遣したのでした。目的は、マッカーサーが天皇と会見をする意志があるか否かを見定めることでした。

この日、吉田茂がマッカーサーに尋ねました。

「もし、元帥のもとに天皇陛下が訪問したいとのご意向があった場合どうなさいますか？」

マッカーサーが、即座に答えたのでした。

「もちろん、喜んで歓迎申し上げる」

それを知った政府と宮中の人たちは、天皇陛下とマッカーサーの会談準備をしたのでした。そして、最初の会談が昭和二十年九月二十七日午前十時から、アメリカ大使館で行われることになったのでした。

◇九月二十七日

天皇は、モーニングの礼装で皇居を午前九時五十五分に出門しました。

その五分後、天皇を乗せた車は、赤坂にあるアメリカ大使館に到着しました。

――・・――・・――・・――・・――・・――・・――・・――・・――・・――

マッカーサーは、ネクタイのない開襟シャツの略式の軍服姿でした。天皇との会見であっても、自分のスタイルを崩すことはありませんでした。

「私は勝者の代表であり、天皇は敗軍の将。ならば、天皇が私に会いにくるというのが筋だ。実際、天皇の使者が私の意志を確認するため打診にやって来た。私は天皇と会うことを拒否しない。なぜならば、私は寛容な勝者だからだ。しかし、面談の目的が命乞いならば、私は失望せざるを得ない。私の寛容もそこで終わる」

アメリカ大使館の玄関先には、フェラーズ軍事秘書とパワーズ最高司令官副官が天皇をお迎えするため待っていました。

やがて車が二人の視界に現れ、大使館前で静かに停まりました。フェラーズとパワーズは、緊張した面持ちで天皇をお迎えしたのでした。天皇はパワーズに導かれ、マッカーサーの待つ応接室に向かいました。

——・・——・・——・・——・・——・・——・・——・・——・・——・・——・・——

私は、応接室で待っていた
車のエンジン音が遠くから響き、次第に近づき、やがて止まった
午前十時
予定通り
天皇と会う時がきた
私は、勝者の寛容と威厳を以て天皇を迎える
パワーズが応接室のドアを開けた
ドアの隙間から、少しずつ日差しが入ってくる
それが逆光となり、天皇の表情は分からない

しかし、確かに違う

天皇の背後から発する光
日常の日差しとは別次元の光だ
それを何に例えることができるだろう

遥か昔、確かに見たことがあった

そうだ！
教会で見たラファエッロ・サンツィオの宗教画だ
預言者モーセとエリヤを従え、天に昇るイエス
その背後から、荘厳な光が放たれていた
私はその時、その絵の前で跪《ひざまず》いていた
天皇が放つ光は、あの時のイエスと同じだ
二千年の歴史が天皇に荘厳な光を与えるのか
アメリカ人の私でも感じるこの光

日本人なら一層、神々しく感じるだろう

アメリカ大統領は世界の最高権力者だ

しかし、トルーマンにもルーズベルトにも光はない

私は、自分の立場を思い出した

連合国司令部の最高司令官ということを

……………………………………

マッカーサーは、応接室に入ってきた天皇に握手を求め、二人は挨拶を交わしました。会談に先立ち、写真撮影が行われ、翌日の新聞に掲載されました。向かって右側に天皇が立ち、両手を後ろに回したマッカーサーが左側に立っている写真でした。

マッカーサーは、天皇を会見室に案内しました。

―・・―・・―・・―・・―・・―・・―・・―・・―・・―

私は天皇を前にして、なぜか多弁になっていた

大観衆の前で演説する時のように、滔々と戦争と平和について持論をまくし立てていた

天皇は、途中で言葉を挟むこともなく、真剣に耳を傾け頷いていた

思えば奇妙な光景だ

聞き手は天皇一人だというのに、会話ではなく演説調だったのだから

きっと、私は天皇が放つ光に言葉で対抗しようとあがいていたのだろう

私の話が終わったとみた天皇が、あの独特の口調でひとこと、ひとこと語り出した

「私は　日本の戦争遂行に伴う　いかなることにも　また事件にも全責任をとります。また私は　日本の名においてなされた　すべての軍事指揮官　軍人および政治家の行為に対しても　直接に責任を負います。自分自身の運命について　貴官の判断が如何ようであろうとも　それは私にとって　問題とはなりません。委細構わず　総ての事を進めていただきたい」

私は、信じられなかった

我が身を顧みず、すべての軍人・政治家、そして国民を守ろうとする天皇の決意に感動した

それは、雛鳥《ひなどり》を守るため我が身を顧みず、外敵と必死に戦う親鳥の姿に重なった

天皇は、己の命乞いのために私に会いに来たのではなかった

フォスターは、天皇のことをヒットラーに準《なぞら》えていたが、それは違う

アメリカ本土では、天皇を戦犯として極刑にせよとの声ばかりだ

事実、ホワイトハウスから、天皇の戦争責任の証拠を見つけ出せという命令が出ている

ホワイトハウスは、天皇をこの戦争の最高責任者として、裁判にかけるつもりだ

それは、アメリカの正義を確かなものにするための一番の方法だろう

国民から喝采を浴びることも間違いない

しかし、それほど愚かな選択もない

終戦の日から今日に至るまで、アメリカ兵の血は一滴も流れていない

これほど完全な武装解除が、しかも短期間に行われた

これは世界の歴史上初めてのことだ

それができたのは、戦勝国の力ではなく、天皇の威光だ

それだけに天皇を処刑台に送れば、すべての日本人を敵に回す
軍人だけではない
多くの一般国民も抵抗し、終わりなき戦いが始まる
そうなった時は、民主化どころではない
治安を回復するために百万人の増援が必要となる
アメリカは犠牲者を増やし続け、疲弊し、やがて我が国単独の占領政策は行き詰まる
その時、ソ連は堂々と介入し、日本の共同管理を主張するに違いない
そうなったなら日本は、ドイツのような分裂国家となる
中国共産党も指を咥えて見ているはずがない
ソ連と中国共産党に隙を見せてはならない
日本の占領政策は、アメリカ単独を貫くこと
日本を自由主義陣営に留めること
そのための一番賢明な方法は、天皇の協力を得ることだ

——・・——・・——・・——・・——・・——・・——・・——・・——・・——

会談が終わると、マッカーサーは臣下の如く玄関まで天皇を丁寧にお見送りしたのでした。

——・・——・・——・・——・・——・・——・・——・・——・・——

十年後、当時の外相重光葵《まもる》はマッカーサーとニューヨークで再会する機会がありました。マッカーサーは、十年前の天皇との会談の様子を、懐かしく思い出しながら重光に語りました。

「私は天皇と実際お会いする前は、どのようなお考えを持って私に会われるのか、そこに強い関心を持ちながら、アメリカ大使館でお待ちしていました。そして、二人きりの会談が始まりました……。私は実に驚きました。陛下は、まず戦争責任の問題を自ら持ち出されたのです。敗戦の将はしばしば、自分だけは助かろうと命乞いをするものです。しかし、天皇はそのようなことには一切言及されなかった。自分の行く末よりも国民の幸をひたすら願っていました。そこに私心というものはありません。そして、天皇は〝戦争の全責任を負う〟というお言葉を繰り返したのです。

私は答えました。

〝あなたの責任感と勇気に最大の敬意を表します。私は、あなたの戦争責任を追及するつもりはありません。たとえワシントンから圧力があろうとも。なぜならば、日本人が復興への道を歩むためには、あなたが誰よりも必要だからです。私は今日、陛下とお会いしそのことを確信しました〟

天皇に対する私の尊敬の念は、それから以降変わることはありません。私は、天皇とよき話し合いができたと思います。その日私と天皇は、会談内容を極秘にすることを約束しました。天皇はこの十年間、実際我々の会談内容を一切語っていません。天皇がどれだけ、自らの戦争責任について質問されても一切語らなかったのは、私との約束があったからです」

——・・——・・——・・——・・——・・——・・——・・——・・——

【バターンの真実】

◇一九四五年八月三十日

マッカーサーは、自らその飛行機をバターン号と名付けました。そこに、マッカーサーの決意が込められていたのでした。バターン号はマッカーサーを乗せ、厚木の海軍飛行場に到着しました。

片手をポケットに入れながら出てきたサングラス姿のマッカーサーは、大きなパイプを咥えながら、日本を威圧するように降り立ったのでした。

マッカーサーは厚木からすぐに、占領軍の拠点地となった横浜のホテル・ニューグランドに向かいました。

マッカーサーに用意された最高級の部屋に入るや否や、彼はソープ准将に命じました。

「東條を確保せよ。そして、ミサキもだ……」

「東條英機は開戦時の内閣総理大臣。太平洋戦争の最高責任者ですから、彼を逮捕することは分かります。しかし、ミサキとは何者でしょうか？」

「ミサキ・シンジ。日本陸軍の中将だった」

ソープは、マッカーサーを補佐する将校でした。

「ソープ准将」

「イエス、サー」

「アメリカ国民は私をどのように見ているだろうか？」

「どのように？……閣下ほど輝かしい軍歴を持つ方は誰一人として見当たりません。軍神マルスのごとく見ているのではないでしょうか」

「それだけか？」

マッカーサーは明らかに不満げでした。

ソープは考えました。

『閣下は軍人としての経歴だけで満足はしていない……。三年後の大統領選を考えているに違いない』

「いえ、フィリピン軍政時代のご活躍を見れば明らかに……」

「明らかに？」

「寛容と正義と公正に基づいたフィリピン統治を見れば、政治家として最高の指導者であることに疑いを持つ者はいません！」

マッカーサーの表情が変わりました。

「アメリカ国民が求めている指導者とは、勇猛果敢なだけの軍人でなく、口先だけの政治屋でもない。ましてやトルーマンのような輩は論外だ！」

『やはり、閣下はトルーマン大統領を見下している』

「閣下は強靱な精神力だけでなく、深い知性と高邁な理念を兼ね備えた指導者です」

「それは証明されている」

「フィリピンの軍政時代に……」

「その通りだ。ソープ准将。ただその時代……」

「その時代に何が？」

「私の輝かしい軍歴のなかで、ひとつだけ耐え難い汚点が残っている……それがバターンの屈辱だ」

「バターンですか……」

「それは一九四一年十二月八日、フィリピンでの日本軍との戦いから始まった」

その頃、アメリカがフィリピンを統治していました。アメリカ軍はフィリピンの軍事施設を使えば、日本のどこでも空爆が可能でした。日本がそれを阻止しようとすれば、フィリピンを支配下に置かなくてはなりません。フィリピンは、日米双方にとり、これからの戦争にとり軍事的要所でした。

マッカーサーは、アメリカ・フィリピン連合軍の総司令官でした。連合軍は、十八万人の兵力と最新鋭の航空部隊を擁していました。マッカーサーはこれだけの軍事力があれば、日本軍がどこから上陸しても撃退できると確信していました。しかも、日本との戦争は、始まるとしても、一九四二年四月以降と読んでいました。そこにマッカーサーの油断がありました。

◇一九四一年十二月八日

この日、マッカーサーの油断を突いた日本軍の攻撃が始まりました。

日本海軍の零戦と陸上爆撃機が、ルソン島のクラーク飛行場とイバ飛行場を攻撃したのでした。そのため、アメリカ軍はＢ17爆撃機やＰ40戦闘機の大部分を失いました。

◇同月二十二日　午前二時

ミサキ中将率いる陸軍主力部隊が、マニラ近郊のリンガエン湾とラモン湾から上陸しました。日本軍はアメリカ軍を東西から挟み撃ちにしたのです。フィリピン軍兵士は日本軍を見るなり迎え撃つこともせず逃走したのでした。そのため日本軍はこれといった抵抗も受けず、翌一九四二年一月二日に首都マニラを陥落しました。

マッカーサーがいるはずのマニラホテルの司令官執務室にミサキたちが踏み込んだ時、部屋の主はいませんでした。マッカーサーは部下たちを見捨て、自分の家族とともにマニラからコレヒドール島に逃走していたのです。

ミサキ中将がマニラに入ってまず行ったことは、部下たちへの訓示でした。ミサキは八百人の将校をマニラホテルの大広場に集めて命じました。

「日本軍が敵の首都を占領したことは歴史上初めてのことである。それだけに、精神を緩めることなく、皇軍の誇りを忘れてはならない。皇軍の名誉を汚す行為は厳禁とする。現地の人々にはもちろんのこと、捕虜のアメリカ兵に対しても、虐待、虐殺、略奪を行ってはならない。これを破った者は厳罰に処す。これを全軍徹底せよ！」

一方、アメリカ軍は、密林地帯のバターン半島に撤退するしかありませんでした。その時、日本軍がアメリカ軍を追撃し、同時にバターン半島の入り口にあるカルムピットの橋を破壊すれば、アメリカ軍は隠れ場所のない広い草原に留まり、投降するしかありませんでした。

部下の師団長がミサキ中将に提言しました。

「マニラの占拠に多くの兵力は必要としません。主力部隊をアメリカ軍の追撃に充て、同時にカルムピット橋を空爆すれば、アメリカ軍は成す術もなく投降します。そうすれば無駄な犠牲者を出すことなく勝利できます」

ミサキ自身も同じ判断をしていました。しかし、兵力の大部分を抵抗なきマニラに留めたのでした。

——・・——・・——・・——・・——・・——・・——・・——・・——・・——・・——

◇一九四一年十一月十日〈大本営〉

日米開戦の一か月前のことでした。

参謀総長・杉山大将が、ミサキ中将に命令しました。

「貴官をフィリピン攻略軍の司令官に任命する。フィリピンに上陸したならば、二個師団で五十日以内に首都マニラを占領せよ。これは大本営による研究の結果である」

「杉山総長、お言葉ですが、フィリピンに駐留する米比軍は合計十八万の規模です。それに対し二個師団とは、わずか三万の兵力です。それだけの兵力でしかも五十日以内に首都マニラを占拠できるとは思えません。大本営の研究というならば、その根拠をお示し下さい」

「軍人であれば上官の命令に従うのが当然。ましてや大本営の指令である。根拠などを求めるとは、臆病風にでも吹かれたか！」

「私は一人の犠牲者も出したくはないのです。相手を知り、己を知り、あらゆる想定のなかで戦略と戦術を考え尽くす。それが指揮官の務めです」

「貴様は五十日でマニラを制圧すること、それ以外考える必要はない！」

ミサキ中将は、当時の日本軍人としては数少ない理性的な将校でした。しかし、ミサキは杉山総長の命令に従うしかありませんでした。その時、ミサキは自分自身に言い聞かせたのでした。

『マニラを攻略し占拠する。そのことのみに全精神を集中する……』

――・・――・・――・・――・・――・・――・・――・・――・・――・・――・・――

「師団長の意見は実にもっともである。しかし、アメリカ軍を追撃せず、橋梁の空爆も行わない。我々はあくまでマニラ占拠に集中する」

「なぜですか！　いつも理性的に戦況を判断するミサキ中将らしくありません！　大本営から圧力があったのですか?」

「我々はマニラ占拠に集中する。これは決定事項である」

アメリカ軍は追撃を受けることなく、カルムピット橋を渡りバターン半島に立て籠もり、援軍を待つ態勢を作ったのでした。

◇一九四二年一月二日

ミサキ中将はマニラを完全に占拠したことを報告しました。そこで大本営は、精鋭部隊の第四十八師団をジャワ方面に転用し、同時にバターン半島に立て籠もったアメリカ軍を投降させるよう命令したのでした。

しかし、残された戦力は第六十五旅団でした。第六十五旅団とは、マニラ占拠後の治安警備を担当する軽装備の部隊です。険しい密林で本格的な戦闘ができる装備はありません。

それでもミサキ中将は、第六十五旅団を率いて立て籠もるアメリカ軍の攻略を試みましたが成功せず、兵力の六割を失いました。この時、アメリカ・フィリピン兵士と非戦闘員を合わせて十万人以上の人々がバターン半島の密林のなかにいたのでした。

バターン半島の先にコレヒドールという離れ小島があります。マッカーサーは、コレヒドール島から指令を出していたのでした。

日米の攻防は決着がつかず四か月も続きました。その間、ミサキ中将は大本営に何度も打電しました。

「このまま攻撃を続行しても成功の見込みはなく、犠牲者を増やすばかりです。新たな戦力の補充と作戦が必要です。血涙の無念を以て懇願します」

しかし、杉山総長はそんなミサキ中将を見限ったのでした。

「やはりミサキには任せられん。辻中佐、貴官にフィリピン赴任を命じる。そして、ミサキに代わり現地を指揮せよ」

「新たな戦力はいただけるのでしょうか?」

「もちろんだ。兵力と迫撃砲を増強し、航空機もつけよう」


——・・——・・——・・——・・——・・——・・——・・——

◇同年三月十一日
ルーズベルト大統領は、密かにマッカーサーにフィリピンを脱出せよという命令を下しました。マッカーサーは、部下たちをフィリピンに置き去りにしたままコレヒドール島を脱出し、さらにミンダナオ島から飛行機でオーストラリアに逃亡したのでした。

しかし、マッカーサーは、コレヒドール島に残るウェインライト少将に命令を出し続けていました。

「ウェインライト少将。今は耐えるのだ。絶対に日本軍に降伏してはならない。私が援軍を組織して、必ずそこに戻る（I shall return.）。それまで降伏してはならない！」

◇四月三日

辻中佐が実質的に率いることになった日本軍は、バターン半島に攻め込みました。陸からは猛烈な砲撃を放ち、空からは大量の爆弾を降らし、アメリカ軍の拠点を攻撃したのでした。その頃アメリカ軍に反撃できる力は残っていなかったのです。

◇四月九日

バターン半島のアメリカ軍指揮官であるキング少将は投降し、日本軍はバターン半島を陥落したのでした。日本軍はさらに半島の先にあるコレヒドール島を制圧しなければなりません。そこにマッカーサーがいるはずでした。

しかし、兵士と非戦闘員を合わせた十万以上の人々が密林に潜んでいたのです。

日本軍は、コレヒドール島を攻略する前に十万の人々を安全な場所に移動させる必要に迫られたのでした。

バターンの死の行進とは、投降した米比軍七万六千人と難民二万六千人が、バターン半島南端のマリベレスから、捕虜収容所のあるサンフェルナンドまでの六十キロの行程を炎天下のなか行進し、その際に一万七千人が死亡した悲劇のことでした。

彼らは四か月もの間、ジャングルに立て籠もり食糧もなくマラリアにも罹《かか》り、体力は限界に達していました。しかし、日本軍に十万人の人々を輸送できる鉄道もトラックもありません。それぞれが自力で移動するしかなかったのです。

ミサキは、投降した捕虜には友好的な対処をするよう部下に厳命を下しました。

日本兵と捕虜が長い列を作り、サンフェルナンドを目指す行進が始まりました。しかし、十万人の列は、最前列から最後列まで何キロもの長さになります。

多くの日本兵はミサキ中将の命令に従い、捕虜を大切に扱いました。アメリカ兵と日本兵が談笑しながら歩く様子もありました。しかし、ミサキの命令にも拘らず、長い列の場所によっては、捕虜が殺害されたこともあったといいます。

部下の一人が、大本営参謀を名乗る正体不明の電話を受けました。

「捕虜は作戦の邪魔になる。捕虜は全員射殺せよ。これは大本営の命令である」

「ミサキ中将からそのような指令は受けていない」

「これは大本営の命令だ！」

「そんな命令が出るはずがない。それよりも貴官は何者か！　名前と階級を言え」

その電話の主は名乗らず、電話は切れたのでした。

コレヒドール島は、バターン半島の南端から二キロ先の海上に浮かぶ小さな島でした。しかし、そこはマニラ湾に入る船舶を監視するとともに、多くの大砲や高射砲、機関銃が配備された難攻不落の要塞でした。

捕虜の移送が終わったところで、日本軍とウェインライト少将率いるアメリカ軍の激しい砲撃戦が始まりました。もし、密林に潜んでいた十万人の人々がバターン半島にいたなら、彼らの多くは犠牲となっていたことでしょう。

ウェインライト少将は必死の防戦を続けましたが、待ち望む援軍はやってきませんでした。

「ワシントンはマッカーサー一人を助け、それ以外の者を見殺しにするつもりだ！　我々に食糧はなく、砲弾も底を突いた。これ以上の抵抗は無意味だ。もうマッカーサーのばかげた命令に従うものか！」

そう決断したウェインライト少将は、五月六日、投降したのでした。

不敗を誇ったマッカーサーが、初めて敗北を喫した瞬間でした。この時の日本軍の指揮官はミサキ中将でなく、辻中佐でした。しかし、マッカーサーはミサキが指揮官と思い込んでいました。

ウェインライト少将が降伏したその日、マッカーサーはワシントンに打電したのでした。

〝ウェインライトは一時的に精神の安定を失い投降した。ウェインライトが降伏しなければ、私がフィリピンに戻り勝利に導けた。だとすれば、これは私の敗北ではない〟

こうして、日米のひとつの戦いが終わりました。しかし、ミサキの本当の悲劇は、終戦後に待っていたのでした。

◇一九四四年一月

全米の新聞は、バターンの行進を日本軍によるアメリカ兵の虐待事件として報じたのでした。

〝我々は復讐を要求する。バターンの残虐行為に対し責任を持つ日本人の処刑を！〟

アメリカの一般の人たちは、この報道で日本をさらに憎悪したのでした。

――・・・――・・・――・・・――・・・――・・・――・・・――

「ミサキ・シンジ率いる日本軍の奇襲に敗れ、私は止むなくオーストラリアに逃亡した。この私がだ！」

マッカーサーは右手に拳を作り、机に強く打ちつけました。それは、机の上に置かれた書類が浮き上がるほどの衝撃でした。

「しかし、それは止むを得ないことでした」

「ソープ准将。他の軍人ならそれで済むだろう。しかし、その時の指揮官は私だった。神に選ばれ、最高の能力が与えられた私だったのだ」

一瞬言葉を止め、マッカーサーは叫びました。

「ミサキ・シンジ、奴だけは許さない！」

あまりの怒声にソープ准将は怯えながらも、マッカーサーを宥《なだ》めるように言いました。

「ワシントンはそのことを問題としておりません」

「ワシントンの問題ではない！　完璧であるべき私自身の問題なのだ。今の私はＧＨＱの最高司令官だ。その私の命令だ。ミサキ・シンジを捕まえろ。捕らえたならば、すぐさまマニラに送還し、そこで軍事裁判にかける。判決はもちろん、有罪、そして極刑だ！　その時、私の唯一の汚点が消滅する！」

ソープ准将は、マッカーサーの暗部を見てしまいました。

『判決と処刑が決まっている裁判など、裁判ではない……。それは公平でも公正でもない、勝者による一方的な敗者の裁き、軍事裁判という形式を装ったリンチに過ぎない。神はそれを許したもうか？』

「ソープ准将。返事は？」

「イ、イエス、サー……」

――・・――・・――・・――・・――・・――・・――・・――・・――・・――

【二人のミサキ・シンジ】

「マッカーサーがソープ准将相手に何やら声を荒げている。ここまで大声を出すとは、マッカーサーにしては珍しい」

隣の部屋でコーヒーを手にしながら調べものをしていたフォスターは、二人の会話に聞き耳を立てていました。

――ミサキ・シンジ、奴だけは許さない！

「ミサキ・シンジ？　……確か片山から電話越しで聞いた名前だ。片山をスパイではと疑っていたという。マッカーサーは、そのミサキ・シンジを知っているのか？　危険だ。マッカーサーとミサキ・シンジを接触させてはならない。私と片山の関係まで知られてしまう」

秋川涼子は、通訳としてGHQに勤務していました。彼女の上司はマックディール大佐でした。彼女がマッカーサーの部屋の前を通りかかった時、怒声が聞こえたのでした。

――ミサキ・シンジ、奴だけは許さない！

「マッカーサー閣下が御先さんの名を大声で叫んでいる……閣下と御先さんの間に一体何が？」

涼子はそんな不安を抱えたまま、マックディール大佐の部屋をノックしました。

「やあ、涼子。いつも君のお蔭で我々は本当に助かっている。明日も日本政府との会議がある。確か朝の九時からだったかな？」

「はい……」

「どうしたんだ、涼子。いつもの君らしくない。何か心配事でも？」

「大佐……つい今しがたのことです。『ミサキ・シンジ、奴だけは許せない！』、そんなマッカーサー閣下の声が廊下に響きわたっていました」

「閣下がそれほど感情を露にするとは珍しい。それにしても、ミスターミサキの名前が出てくるとは……」

「御先真治さん……彩さんのお父様です。御先さんは、私をＧＨＱに紹介してくれた方。主人との縁で知り合った方です」

「しかし、涼子のご主人は満州で亡くなった……」

「はい……御先さんご一家はずっと満州で過ごしていたそうです。ですからフィリピンにいた閣下と接点があったとは思えません……。でも、あの怒声。それは尋常ではありませんでした……」

「閣下とミサキの関係は……私にも分からない……」

その時、誰かがノックをしました。

「どなたかな？」

「フォスターです」

「涼子、君も知っているだろう。フォスターは、閣下の顧問として占領政策に関わっている」

「はい。存じております」

「話の途中で悪いが、そんな彼をぞんざいに扱うわけにもいかないのでね」

マックディールは、ドアの向こうのフォスターに言いました。

「どうぞ、お入り下さい。ミスターフォスター」

フォスターが部屋に入ってきました。

「大佐、お忙しいところ失礼します……おや、涼子さんと打ち合わせ中でしたか……」

「私のことでしたら気になさらないで下さい」

「それでミスターフォスター、貴殿の要件は?」

『通訳の涼子が一緒か。まあ、彼女に聞かれても問題はないだろう』

「実は、マッカーサー閣下のことで相談にあがりました」

「というと?」

「閣下はミサキ・シンジという人物を探しています。しかも閣下はミサキ・シンジをひどく憎んでいます。大佐なら、何かご存じかもしれないと思いまして」

「これは驚いた。貴殿も閣下とミスターミサキの関係を知りたいということか」

「というと、涼子さんもそのお話だった?」

涼子が頷きました。

『そうだったのか。こんな身近なところにミサキ・シンジの情報源があったとは。これを利用しない手はない』

「失礼ですが、涼子さんとミサキ・シンジさんはどのようなご関係でしょう?」

「御先さんは私たち親子の恩人です」

「といいますと?」

「私の主人は満州で軍医として働いていました。そんなある日、御先さんの奥様がお嬢さんの彩さんを連れて病院にやってきたそうです」

「それで？」

「彩さんの病気は、消化管に入り込んだ結核菌が原因でした。でも主人は自分で作り上げたお薬で彩さんを救うことができました。そこまでは良かったのですが、退院の日……中国軍の砲撃で病院は火事となり、主人はその犠牲になりました」

「そうでしたか。それはお気の毒でした」

「でも、死の間際、主人は娘の美月に宛てた手紙を彩さんに託したそうです。そして、彩さんはその手紙を東京にいた私たちに届けてくれました」

「そうでしたか。それで、ミサキ・シンジ氏は、どのような方ですか？」

「御先さんは、元々満州の逓信省で働いていた方です。でも、何かの事情で終戦の直前に一人東京に戻っていたそうです」

『涼子の言うミサキ・シンジ。彼は満州と東京にいた。それならば片山と接点があっても不思議ではない。しかも、逓信省なら通信はお手の物。暗号の解読も盗聴もできるはず。つまり、ミサキ・シンジはスパイだ。満州を舞台に中国、ソ連の情報を大本営に送っていたに違いない』

「戦争は終わりました。でも主人は亡くなった。私は生活のため家財道具のすべてを売り払いました。でも、それも限界でした。娘を抱え焼野原となった東京で、どのように生きていけばいいのか、途方に暮れていました」

「それであなたはどうしたのですか？」

「御先さんが残してくれた連絡先のメモを思い出しました」

「それであなたはミサキさんを訪ねたのですね」

涼子はひとつ頷きました。

「私は……御先さんにお尋ねしました。私にできる仕事はありませんか、と」

「それでミサキさんは？」

「困っていた様子でした。でも、しばらくしてGHQのことを思い出したようです。政府関係者の方だったからだと思います」

「それが今の同時通訳の仕事だった……」

「そうです。それから、私たちの生活は安定しました。ですから御先さんは、私たち親子の恩人なのです」

「涼子。ミスターミサキから見れば、娘さんの命の恩人は間違いなく君のご主人だった。

だから、お互い様だ。お互いが大切な恩人だったのさ」

『恩人か……確かに私にとって涼子とマックディールは恩人だ。この情報の利用価値は高い』

「なるほど。ミサキ・シンジさんがどのような人物か、少し分かりました」

「閣下がミスターミサキを憎む理由はない……」

マックディールがつぶやきました。

「ところで涼子さん。今、ミサキさんはどこで何をしているのでしょう?」

「今は、厚生省に異動なさったそうです」

「ミサキ氏は今、厚生省に勤務しているのですか……」

「貴殿はミスターミサキのことに随分興味を持っているようだ」

「いえ、特にということではありません。情報は多い方がいい。それだけのことです」

「フォスターさん。もし、閣下が御先さんを誤解しているならば、是非それを解きほぐして下さい。閣下が御先さんを憎む理由などないはずです」

「分かりました。私からも閣下によくご説明しましょう」

「ありがとうございます」

「私からもお願いする。ミスターフォスター」

〈フォスター執務室〉

「ミサキ・シンジ、ミサキ・シンジ、ミサキ・シンジ……」

フォスターは、部屋のなかを何回も行き来しながら〝ミサキ・シンジ〟の名を繰り返しつぶやいていました。

「この日本人の名前、確かに私の記憶の片隅にある。しかし、それが何だったか、思い出せない……おそらくマッカーサーに関連しているはず……」

フォスターはさらに記憶を手繰り寄せていきました。

「ミサキ・シンジ、ミサキ・シンジ……そうだ、思い出した！　あれは確か、一九四四年一月のアメリカ各紙の報道だ。新聞はバターンの行進を日本軍による虐待事件として報じていた。マスコミは、バターンの残虐行為に責任を持つ日本人を罰することを要求していた。その責任者が、ミサキ・シンジ中将だ！」

フォスターは、ゆっくりとソファーに腰を降ろしながらつぶやきました。

「なるほど、マッカーサーはミサキ・シンジを憎むはずだ。マッカーサーはマニラを簡単に明け渡した上、コレヒドール島にいち早く逃げ込んだ。そのあと、反転攻勢もできず自分だけがオーストラリアに逃亡した……。マッカーサーから見れば、ミサキ・シンジは唯一にして最大の屈辱を与えた人物。だとすれば……」

フォスターは冷たい微笑みを浮かべました。

「もう一人のミサキ・シンジは今、厚生省にいるという。ならば、職員リストを調べてみればいい」

フォスターはＧＨＱの権限を利用して厚生省に職員リストを求め、リストは翌日届けられました。

「これだ！」

〝医療行政局医療保険課　御先真治〟

「確かに御先真治は厚生省にいた。片山が言っていたミサキ・シンジはこの人物に違いない。当然、マッカーサーとはなんの関係もない。しかし、マッカーサーに御先真治をバターンのミサキ・シンジと思い込ませれば、奴は御先をマニラに送り込むだろう。そうすれば、私は何のリスクも負うことなく、御先を亡き者にできる。しかもマッカーサーにこの上ない満足感も与え、信頼も得られるだろう」

フォスターは、窓の外に広がる焼野原の東京を見ながらつぶやきました。

「この空の下のどこかにミサキ・シンジが、日常を過ごしているのだろう……。しかし、マッカーサーにミサキ・シンジのことを知らせる必要はない。偽情報を与えるだけですべてはうまくいく。マッカーサーは連合国最高司令官として君臨しているが、いざとなれば部下を見殺しにする。しょせんその程度の奴だ」

〈東京　小石川〉

フィリピンで指揮を執っていた岬真志中将は、昭和十七年（一九四二年）八月に退役し、今は小石川で家族とともに静かに暮らしていました。

岬は、八月十五日の玉音放送を自宅で聞いてから一か月間、フィリピンでの出来事を英文で綴っていたのでした。

「マニラに上陸した時の指揮官は私だった。途中、大本営から指揮権を剥奪されたが、マッカーサーはそんなことも知らず、私のことを怨んでいるだろう。日本統治の全権を持つ立場となった彼は、きっと私を探し出す。私はその時のため、事実を書き留めておく」

〈GHQ　マッカーサー執務室〉

フォスターがマッカーサーに会いにやってきました。

「閣下、お忙しいところを失礼します。大変重要な情報を得ました」

「ミスターフォスター。君の話ならいつでも歓迎だ」

「恐れ入ります」

「それで、重要な情報とは？」

「先日、閣下がミサキ・シンジを捕らえよとソープ准将に命じておられましたね」

「ああ。隣の部屋まで聞こえてしまったか。そう、私は確かにソープに命じたが……、そのことについての情報ということか？」

マッカーサーは身を乗り出してフォスターの目を凝視しました。

「そうです」

「それはすぐに聞きたいものだ」

「ミサキ・シンジはすでに陸軍を退役し、今は厚生省に潜り込んでいます」

「なんということだ。ソープ准将がどれだけ軍関係に当たっても見つからないのは、そのせいだったのか」

「厚生省を調べてみてはどうでしょう」

「なるほど」

そこでマッカーサーは、受話器に手をかけました。その時、フォスターが語りました。

「そうであれば、もうソープ准将への命令も必要ありません。解除なさっては？」

『ソープが本当のミサキ・シンジを探し当てれば、このプランが台無しになる』

「確かに以前の命令は必要ないな。ソープにそのことも伝えよう。フォスター、やはり貴殿は日本の専門家というだけのことはある。この情報は私にとって何よりも重要だ。心から感謝する」

「閣下のお役に立ったのであれば何よりです」

フォスターは、企みの成功を確信しました。


御先はいつもの朝と同じように、上野駅の地下駅舎に下りていきました。その時すでに、人ごみに紛れ御先を尾行する男たちがいました。

御先が日比谷線のホームで電車を待っていた時でした。突然、元特別高等警察（特高）

の三人の刑事たちが御先を囲んだのでした。リーダー格の男が御先に尋ねました。

「あなたは御先真治さん、ですね」

屈強な男たちに囲まれて戸惑う御先は答えました。

「は、はい。確かに私は厚生省の御先ですが……」

「GHQの命令によりあなたの身柄を拘束する」

「GHQ？　それは何かの間違いでしょう」

しかし、刑事たちは何も答えず、御先に手錠をかけました。

御先の自由は、その時奪われました。

三人の刑事たちは御先を囲み、改札に戻り地上に出ました。すでに道路の脇に黒塗りの車が待機していました。御先はその車の後部シートに押し込まれました。リーダー格が助手席に乗り込んだところで運転手はエンジンをかけ、車はゆっくりと動き出しました。

御先は、背を向けるリーダー格に問いかけました。

「一体、逮捕の理由は何ですか？　この車はどこに向かっているのですか？」

彼は何も語らず、表情も何一つ変えませんでした。与えられた命令を忠実に実行する以外何も言わない。そんな意志が表れていました。

車は上野駅から国道254号線に入り、土煙を上げながら巣鴨プリズンに向かっていました。その途中には、岬真志が住む小石川がありました。

岬は、日課の散歩に出かけ、その日は小石川植物園まで足を伸ばすことにしました。植物園には以前ほどの華やかさは残っていません。でも、焼け焦げた地でも植物たちは力強く根を張り、葉を広げ、花を咲かせていました。そんな草花たちを岬は、ひとつひとつ、慈しみながら眺めていました。

植物園を一回りし帰宅する途中でした。当時はめったに見ることのない黒塗りの車が、上野方向から土煙を上げて走ってきました。

「今の東京でこんな豪華な黒塗りの車を使えるのはGHQくらいだろう」

そんなことを漠然と考えながら、車を目で追っていました。車が通り過ぎた瞬間に見えた人々は、すべて日本人でした。

「日本人……多分彼らは特高だ。となれば、後部シートで二人の特高に挟まれている人物は戦犯として巣鴨プリズンに収監される元政治家か元軍人。……明日は我が身か」

御先真治は、窓越しに歩道を歩いていた岬真志を見ていました。

『あの人のように、ほんの三十分前まで私にも日常があった。しかし、一瞬でそれは失われた。理由も分からないままに』

岬真志と御先真治。お互いを知らない二人のミサキ・シンジが、東京ですれ違った最初で最後の瞬間でした。

巣鴨プリズンが見えてきました。

『巣鴨に収監される……。だとすれば、私は戦犯として逮捕されたのか……。私は戦時中、満州でスパイ活動を行っていた。それを知るのは片山中佐だけ。しかし、片山中佐とGHQに繋がりはないはず。GHQは政治家と軍人を次々逮捕してはいるが、私に戦犯として逮捕される理由はない。これは明らかに誤認逮捕だ。しかし、本当のことも言えない。私がスパイだったということを……』

〈取調室〉

御先に厳しい尋問が行われました。

それはマニラで起こったすべての出来事を岬真志の責任にするための手続きに過ぎません。

「あなたは、陸軍中将としてマニラ侵攻の指揮を執った」

「何のことだ？」

「あなたは、マニラを占拠したあと、何の罪もない市民まで虐殺した」

「虐殺？　あり得ない！」

「あなたは、アメリカ軍を密林のバターン半島に追い込むよう指揮した」

「私はフィリピンに行ったこともない！」

「あなたは、追い詰めたアメリカ軍に必要もない攻撃を繰り返した」

「まったく覚えのないことだ」

「あなたは、降伏したアメリカ兵士をマリベレスからサンフェルナンドまで、強制的に行進させた。食糧も医薬品も与えずに」

「何を言っている？」

「歩けなくなった兵士はその場で殺害するよう命令を下した」

「一体なんだというのだ！」

「バターンの死の行進だ。以上は人道に反する罪であり、平和への罪となる」

「私には身に覚えのないことばかりだ！」

「指揮官だったあなたにすべての責任がある。あなたを戦犯としてマニラに送還する。そこで軍事法廷が開かれ、あなたは裁かれる」

「そんなばかな！　そもそも人道に反する罪や平和への罪など、戦勝国が一方的に作った事後法ではないか！　そんなもので勝者が敗者を裁くことなど、許されるものか！」

ミサキ・シンジをA級戦犯とする調書がマッカーサーのもとに送られました。

「閣下。先ほど、ミサキ・シンジを起訴するための書類が巣鴨から届きました。あとは、最後のページに閣下のサインをいただければ、明日にもミサキ・シンジはマニラ行きです」

マッカーサーは満足げにその書類に目を通していきました。

『私の唯一の汚点だったフィリピンの敗戦。その屈辱がこれでようやく晴らされる』

マッカーサーが万年筆を手に持ち、最後のページにサインをしようとした、その時でした。

――・・――・・――・・――・・――・・――・・――・・――・・――・・――


「お兄ちゃん、御先真治さんが無実の罪で軍事裁判にかけられちゃう。全然人違いなのに！」

「御先さんを助けに行こう！」

「うん！」

たけるとあすかは、声を揃えて元気よく言いました。

「スーパーノヴァ、登場！」

そう言った瞬間、リビングの真ん中から白い煙がモクモクと出てきました。その煙のなかからスーパーノヴァが現れたのでした。

「今日もぼくたち、わたしたちを時代旅行に連れて行ってね」

そして、いつものように、たけるとあすかとお父さんは、スーパーノヴァのコックピットに乗り込みました。

たけるとあすかがスーパーノヴァに言いました。

「タイムワープ！　マッカーサーの時代！」

次の瞬間、スーパーノヴァが時空の裂け目を見つけて、そこから時空のトンネルに入りました。虹色の帯がすごいスピードで前方から生まれ、後方に流れて消えていきます。コックピットに浮かんで見える数字を見ると、二〇一六から小さくなって一九四五で止まりました。たけるとあすかとお父さんは、七十一年前の東京にタイムワープしたのでした。

そこは、皇居前にある第一生命ビル内のＧＨＱ本部、マッカーサーの執務室でした。


――・・――・・――・・――・・――・・――・・――・・――・・――・・――・・――


マッカーサーの執務室にいきなりモクモクと白い煙が湧き出てきました。その煙のなかからスーパーノヴァの輪郭が現れ、それが明瞭な鳥の形を見せたのでした。

マッカーサーはいきなり大きな白鳥の乗り物が部屋のなかに現れたことに驚き、手にしていた万年筆を落としました。

「なんだ？　これは？」

万年筆を拾いながら、まじまじとスーパーノヴァを見上げた視線の先から、たけるとあすかとお父さんが降りてきたのでした。

「お前たちは何者だ？　見たところ日本人のようだが」

「ぼくたち、平成の時代からやってきたんだよ」

「ヘイセイ？」

「平成って昭和の次の元号だよ」

「今は昭和二十年だから……お前たちは未来からやってきたというのか？」

「そうです。この時代から七十一年後の二〇一六年です」

「なんだと？　嘘をつけ！」

「でも本当です！」

たけるとあすかは、マッカーサーを真っ直ぐに見つめて言いました。

「ただ、確かにお前たちの服装は今の日本の子供たちとは違う。今の時代、子供たちは雑巾のようなボロボロの服を着ている。それに比べれば、お前たちの身なりは随分と小奇麗だ」

「ぼくたち、このスーパーノヴァでどんな時代へも行けるんだ」

「スーパーノヴァ？　どんな時代にも行ける？　ばかばかしい」

「でも、本当だもん」

あすかが口を尖らせて言いました。

「仮にそれが本当だとしよう。しかし、なぜ今の時代に、しかも私の執務室に現れたのだ？」

「それは、今サインしようとしているその書類に重大な間違いがあるからです」

「重大な間違い？　ミサキ・シンジをマニラに送還する書類にか？　これに間違いなどない。フォスターの情報通り、ミサキ・シンジは厚生省に潜っていた。しかし、私は奴を見つけた。この調書を見れば、ミサキ・シンジがマニラで多くのフィリピン市民とアメリカ兵を虐殺したことは明らかだ。Ａ級戦犯として処罰するには十分な証拠だ」

「違うもん！」

あすかが涙を浮かべながら訴えました。

「日本人の名前って、いろんな漢字を使うから、読み方が同じでも漢字で書くと全然違うんだよ！」

たけるが一所懸命説明しました。

「漢字など、アメリカ人の私に分かるはずがない」

「御先真治と岬真志はどっちもミサキ・シンジだけど、苗字も名前も違うんだ。二人は別人なんです」

「つまり、ミサキ・シンジは二人いて、私を敗北に追い込んだミサキとは別人を逮捕したということか？　ならば、フォスターの情報が間違っていたということになる……」

「そうです。逮捕した御先さんはフィリピンに行ったこともない人です。マッカーサーさんとはなんの関係もないんです。だから釈放して下さい」

「そうなると、私の復讐は振り出しに戻るわけだが……」

「分かってくれましたか？」

お父さんがほっとしたように言いました。

「それならば、お前たちに尋ねよう。さっき、もう一人のミサキ・シンジの名前を口にした。その人物の名前を漢字でどう書く？」

「それを知ってどうするんですか？」

「戦犯として逮捕するに決まっている。お前たちの言い分に従えば、そのミサキ・シンジこそ私の探し求める人物のはずだ」

「じゃあ、その人をマニラの軍事法廷に送るんですね……」

「もちろんだ」

「私たちがそれを教えたら、軍人だった岬さんがマニラに送還され、きっと有罪になる」

「でも、その岬さんだって本当は残虐な命令なんてひとつも出してない。バターン半島のジャングルに潜んでいた十万人の兵士と難民を守るため、サンフェルナンドに移動させたんだ。鉄道もトラックもないなかで。ぼくたちはそのことを知っている！」

「その時は、日本の兵隊さんも一緒に炎天下のなかを歩いていたんだよ。そんな苦しさをみんなで半分っこしていたんだよ。なのに、それを死の行進だなんておかしいでしょ！　人道の罪とか平和への罪っておかしいでしょ！」

「でも、今のままだと御先さんが無実の罪で軍事裁判に……。どうすればいいんだろう、ぼくたち」

「パパ、どうすればいい？　ぼくたち、わたしたち、どっちのミサキさんも助けたい。どうすればいい？　ねえ、どうすればいいの？」

たけるとあすかは目に涙をいっぱいにして、お父さんに訴えました。

でもお父さんもどうすればいいか分からず、唇を噛んだままでした。

その時、三人の胸に届いた声がありました。

——たける君、あすかちゃん。私のために七十一年後の未来から、時代を越えてやって来てくれたんだね。ありがとう。私を理解してくれる人が、未来にいた。そのことが分かったただけで十分だ――

「あすか……聞こえた？」

「う、うん」

――私は運命を受け入れ、歴史に従おう……。たける君、あすかちゃん。歴史を変えてはいけない。それがどんな歴史であっても。私たちの時代は、アメリカ、ソ連、そして中国と戦った。そして、多くの犠牲者を出した。でも、みんな明日の日本のため、それぞれの役割を果たそうと一所懸命だった。どうか、そのことだけは分かってほしい。未来の人たちに願うことはただひとつ。日本を希望に溢れた国にすること。そして、世界中にその光を広げること。ただそれだけ――

「パパ、この声って……」

「きっと岬真志さんの願いの声だ……」

「うん」

「私たちは……岬さんの願いを受け止め、よりよき未来を創らなくては……。たくさんの人たちが積み重ねた歴史の上に今がある。そして、今は未来に繋がっている。だから今を生きる私たちには、過去と未来の人たちへの責任がある」

たけるが涙をぬぐいながら言いました。

「歴史を無駄にしちゃ、だめなんだ……。ぼくたちには役割がある。歴史に刻まれた願いの声を、未来に届ける役割がきっとある……」

「元の時代に戻ろう……」

「うん……」

——・・——・・——・・——・・——・・——・・——・・——・・——・・——・・——

【 執行の日の虹 】

◇一九四六年一月三日〈マニラ〉

パトリック首席検察官が、冒頭陳述で言ったのでした。

「一九四一年十二月から一九四二年五月まで、フィリピン国内で、日本軍は数々の残虐行為を行った。手口は大胆かつ露骨であり、継続的に行われた。それら日本軍の蛮行は岬真志中将の命令のもと、組織的に実行された。被告の罪は明らかであり、極刑を求める」

この裁判で、岬中将の妻が弁護側の証人としてマニラの法廷に立つことが許されました。

「私は東京からこのマニラへ、夫のために参りました。夫は戦争犯罪容疑で被告席におります。でも、私は今もなお、岬真志の妻であることを誇りに思っています……。私たちには娘がおります。娘がいつか結婚する時は、夫のような立派な人を見つけて送り出したいと願っています。岬真志とはそのような人物でございます」

◇同年二月十一日

判決が下されました。

「岬真志元日本陸軍中将　フィリピンにおけるバターンの死の行進をはじめ、数々の残虐行為の責任により有罪。判決、死刑」

◇同年三月二十一日

マッカーサーは、万感の思いを込めて死刑執行の書類にサインをしたのでした。

◇同年四月三日午前一時　死刑執行当日

岬は、聖職者の前で語りました。

「私は、バターン半島の〝事件〟で死刑となる。当時、確かに私が指揮官だった。その時の出来事のすべての責任を取れというならば、それは受け止めよう。しかし、それが人道への罪というのなら、広島や長崎の原爆、東京のナパーム弾を人道への罪とは言わないのか？　日本が戦争を始めたことが平和への罪というなら、欧米列強の侵略戦争は平和への罪ではないのか？　もし、それらが罪でないと言うのなら、この裁判は勝者による敗者への復讐でしかない。そんな歴史に未来の人々は何を学ぶのか？」

聖職者は何も語りはしませんでした。

「さあ、最後に乾杯しましょう。私の新しい門出のために」

激しいスコールが通り過ぎたあと、鮮やかな蒼空を背に虹が出ていました。それは、ヤシの木の並び立つ海岸沿いの道と水平線を結ぶ虹でした。

◇同日午前十時

東京にいるマッカーサーに、岬真志の死刑が執行されたという報告が届きました。

「この軍事裁判は、かつてないほど公正かつ公平な手続きを経て行われた。そして、私の唯一の汚点はこの裁判で清算された。私の誇りは回復した」

マッカーサーはふと、窓の外に視線を移しました。

「今日は皇居から虹が見える。あの虹はきっと、神からの祝福に違いない」

千鳥ヶ淵の向こうから立ち上った七色のアーチは、途中で薄曇りの空と混ざり合い、天頂まで届くことはありませんでした。

参考文献

老川祥一著『終戦詔書と日本政治　義命と時運の相克』中央公論新社　二〇一五年
関西師友協会編『安岡正篤と終戦の詔勅　戦後日本人が持つべき矜持とは』
　　　　　　　　　　　　　　　　　　　　　ＰＨＰ研究所　二〇一五年
宮内庁『昭和天皇実録』第九　東京書籍　二〇一六年
半藤一利『マッカーサーと日本占領』ＰＨＰ研究所　二〇一六年
古川隆久『昭和天皇「理性の君主」の孤独』中央新書　二〇一一年
岸本弘『朗読のための古訓古事記』二〇一一年
森公章『天智天皇』日本歴史学会編集　吉川弘文館　二〇一六年
吉本貞昭『東京裁判を批判したマッカーサー元帥の謎と真実』ハート出版　二〇一三年
戸矢学『ニギハヤヒ「先代旧事本紀」から探る物部氏の祖神』河出書房新社　二〇一一年
木下道雄『新編宮中見聞録　昭和天皇にお仕えして』日本教文社　二〇一一年
『日本書紀』（四巻）岩波文庫　二〇一四年
『日本書紀』（五巻）岩波文庫　二〇一三年

黒田 日出男（監修）『図説　日本史通覧』帝国書院　二〇一五年
ハミルトン・フィッシュ・渡辺 惣樹（訳）
　『大統領が最も恐れた男の証言　ルーズベルトの開戦責任』草思社　二〇一四年
井上 和彦『大東亜戦争秘録　日本軍はこんなに強かった！』双葉社　二〇一六年
小林 秀雄『本居宣長』（上）新潮社　二〇一六年
小林 秀雄『本居宣長』（下）新潮社　二〇一五年
リサ・ランドール・向山 信治（訳）『ワープする宇宙　５次元時空の謎を解く』
　日本放送出版協会　二〇〇九年
ブライアン・グリーン　林一・林大（訳）
　『エレガントな宇宙　超ひも理論がすべてを解明する』草思社　二〇〇二年
ニール・ドグラース・タイソン＆ドナルド・ゴールドスミス・水谷 淳（訳）
　『宇宙　起源をめぐる１４０億年の旅』早川書房　二〇〇五年

あとがき

平成二十八年は、リオ五輪で日本中が湧き立ったと同時に、「生前退位」が毎日のように報道された年でもあった。

その夏、今上天皇は、〝お気持ち〟を表明された。

私自身は、生前退位という言葉に違和感を覚えたが、それは少数派なのか。

三種の神器により天皇の権威が継承され、その都度、日本は新たな時代を迎えた。平成から次の時代に移り替わろうとする今、そんな日本独自の歴史への自覚があってもよい。冒頭、大正天皇から昭和天皇への神器継承に触れた理由である。

告白すれば、学生時代、歴史ほど苦痛を感じた科目はなかった。出来事の因果関係も考えず外部表面に触れるだけで、ただ年号を機械的に覚えることに終始していたからだ。しかし、今は歴史を学び知るということが面白い。歴史の内側に入り、歴史上の人々と触れ合い、時にその人自身となり、歴史を体験する。その過程で得た発見は学びの醍醐味である。読み手にとり、拙著『マジック消しゴム』がそんなきっかけになればと願う。

ある日、「歴史を無駄にしてないか」、そんな言葉が降ってきた。それまで私は歴史から学び、学びを活かす生き方を知らず、日々を無為に過ごしていた。その自覚さえなかったというのが本当だ。そんな私がここ数年、歴史を学び始めたゆえに己の内から生じた声だったのだろう。

たけるには、体験した歴史を未来に繋げる、そんな気概を語ってもらった。若き世代には、歴史の内に入ってこそ得られる内的体験を味わい、より良き未来の担い手となってほしい。


『ホワイトハウスの虹』では、二人のミサキ・シンジが登場する。満州にいた逓信省の御先真治とフィリピン攻略時の将・岬真志である。

御先真治は、シリーズ第二作『創世記』と第四作『勝者の敗北　敗者の真理』に登場する。彼のモデルは、ストックホルム駐在武官であった小野寺《おのでら》信《まこと》少将である。

一方、岬真志は、大東亜戦争開戦時の本間雅晴陸軍中将その人である。本間中将が裁かれたマニラ軍事法廷に、東京裁判のエッセンスが凝縮されているとの仮説に立脚し、さらに物語性を高めるため、本間中将を岬真志として登場させた。
『マジック消しゴム』は、シリーズを通し、所々に伏線を張り、聞き慣れない言葉も置いてある。それらの謎解きも楽しんでいただければと思う。

平成二十九年八月十五日

石川一郎太

著者プロフィール

石川　一郎太（いしかわ　いちろうた）

石川県金沢市生まれ、東京都在住
県立金沢錦丘高等学校卒業
富山大学理学部卒業
筑波大学大学院修了後、医薬品メーカーに勤務
東京大学にて学位取得（医学博士）
既刊書に『マジック消しゴム』（2011年8月）、『マジック消しゴム　創世記』（2012年12月）、『マジック消しゴム　時代旅行《タイムトラベル》』（2014年3月）、『マジック消しゴム　勝者の敗北　敗者の真理』（2015年8月、すべて文芸社刊）がある

マジック消しゴム　日本の未来書

2017年11月15日　初版第1刷発行

著　者　石川 一郎太
発行者　瓜谷 綱延
発行所　株式会社文芸社
〒160-0022　東京都新宿区新宿1－10－1
電話　03-5369-3060（代表）
03-5369-2299（販売）

印刷所　株式会社フクイン

ISBN978-4-286-18594-1